지구를
안아줘

지구를 안아줘

제1판 제1쇄 2018년 11월 15일
제1판 제6쇄 2024년 8월 9일

지은이 김혜정
펴낸이 이광호
주간 이근혜
편집 박지현 김가영
펴낸곳 ㈜**문학과지성사**
등록번호 제1993-000098호
주소 04034 서울 마포구 잔다리로7길 18 (서교동 377-20)
전화 02) 338-7224
팩스 02) 323-4180(편집) 02) 338-7221(영업)
전자우편 moonji@moonji.com
홈페이지 www.moonji.com

© 김혜정, 2018. Printed in Seoul, Korea.

ISBN 978-89-320-3333-4 43810

이 도서의 국립중앙도서관 출판예정도서목록(CIP)은 서지정보유통지원시스템 홈페이지
(http://seoji.nl.go.kr)와 국가자료공동목록시스템(http://www.nl.go.kr/kolisnet)에서
이용하실 수 있습니다. (CIP제어번호: CIP2018035900)

지구를
안아줘

김혜정
소설집

문학과지성사

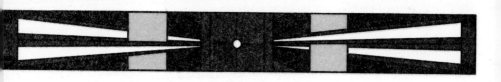

차례

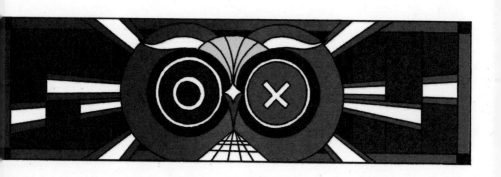

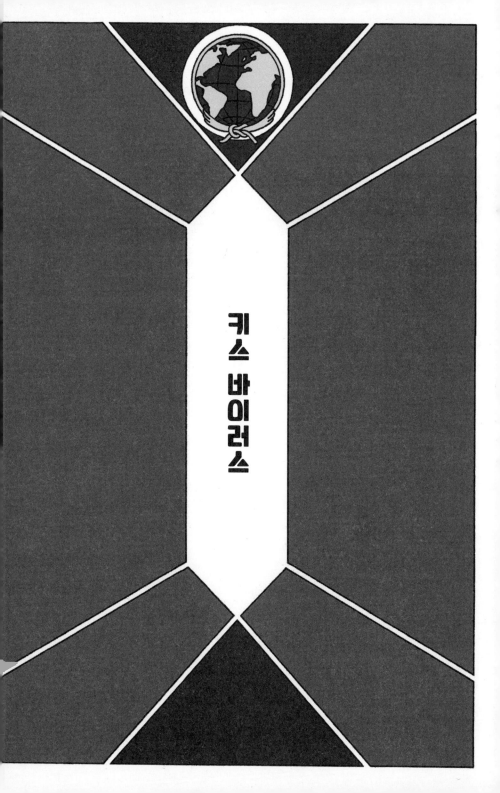

키스 바이러스

"키스했어, 안 했어?"

엄마의 물음에 윤아는 캑캑 기침을 했다. 미역국이 목에 딱 걸렸다. 윤아는 식탁 위로 손을 뻗어 물컵을 잡았다.

"너, 아직이야? 도대체 어떡하려고 그래? 빨리하라니까."

물을 한 모금 마셨지만, 기침이 쉽사리 멈추지 않는다.

"애 아침밥도 못 먹게 왜 그래? 다음에 이야기해."

아빠의 만류에 엄마는 답답하다고 했다.

"당신은 걱정도 안 돼? 윤아도 언제 발병할지 모른다고. 그러게 왜 백신은 맞혀가지고."

"그때 당신도 동의했잖아."

"당신이 꼭 맞혀야 한다고 난리를 피웠으니까. 내가 감기 좀 걸리면 어떠냐고 하니까 그 좋은 걸 안 맞히느냐고 한 게 누구야?"

엄마는 아빠를 매섭게 노려보았고, 아빠는 "그러니까 얼른 했어야지" 하고 윤아에게 화살을 돌렸다.

"김윤아, 너도 언제 시작될지 몰라. 곧 생일이잖아."

"알아."

"그래서 엄마가 진즉 좀 하라고 했잖아."

"걱정하지 마. 내가 알아서 할게."

"알아서 해? 알아서 한다는 애가 아직까지 키스를 못 하고 있어?"

"그래, 윤아야. 얼른 해. 우리가 다 너를 위해서 이렇게 말하는 거야."

아빠가 협공에 나섰다. 둘의 잔소리는 이대로 끝나지 않을 거다. 계속 밥을 먹다간 체할 것만 같다.

"나 늦었어. 먼저 학교 갈게."

윤아는 가방을 메고 현관문을 열고 나섰다.

담임 선생님이 조회를 하러 들어왔다. 다음 주 시행되는 기말고사 준비부터 시작해, 여름방학 보충과 관련한 사항을 이야기하며 '예비 고3'이라는 걸 강조했다. 고2라는 제대로 된 명칭이 있음에도 불구하고, 얼마 전부터 선생님들은 예비 고3으로 아이들을 불렀다. 이브는 크리스마스에나 반갑다. 고3의 이브는 조금도 반갑지 않다.

"그리고 김윤아, 박민서, 한지희, 너희 셋은 상담 센터로 가봐."

윤아는 낮게 한숨을 내쉬었다. 집에서도 시달릴 만큼 시달렸는데, 이젠 학교에서도 관리 학생이 되어버렸다. 매월 1일이 되면, 고2 학생 중 그달 생일자는 상담을 받아야 한다. TAT 백신을 맞지 않은 학생은 예외인데, TAT 백신의 접종률은 95퍼센트에 달하기에 대부분 상담을 받는다고 볼 수 있다.

윤아는 민서, 지희와 함께 일어섰다. 지희는 양팔을 낀 채 둘을 제치고 복도를 먼저 걸어갔다.

"쟤 아주 발걸음이 가볍다."

민서가 앞서가는 지희를 턱짓으로 가리키며 말했다.

"당연하지. 지희 이제까지 사귄 남친만 세 명인가, 네 명이야. 지금도 남친 있잖아. 키스쯤이야 해도 열 번은 했겠다."

"열 번이 뭐냐. 쉰 번은 했겠다."

"그렇겠지?"

윤아는 민서와 함께 깔깔대며 걸었다. 자신과 같은 처지인 민서와 함께 있으니 마음이 좀 가볍다.

지희는 자신은 짧게 끝날 거라며 먼저 상담을 받겠다고 했다. 윤아와 민서는 그러라고 했다.

"도대체 이건 왜 발병해서."

상담실 앞 의자에 앉은 채 윤아는 오른발로 두어 번 바닥을 굴렀다.

3년 전, 미국 10대들에게 처음 이상행동이 나타났다. 비가 오면 아이들이 바깥으로 나가 비를 맞으며 뛰어다녔다. 그것도 미친 사람처럼 막 웃으면서. 특이하게도 이들은 모두 만 17세였다. 처음에는 몇몇 아이들의 장난이라고 여겼지만, 10대들의 이런 행동은 전 세계적으로 번졌다. 미국에서 시작해 멕시코, 캐나다, 영국, 독일, 터키, 러시아, 인도, 중국, 일본 등으로 퍼져 나갔다. 한국도 예외는 아니었다.

한국의 모 고등학교의 경우, 만 17세를 맞은 아이들 대부분이 그랬다. 선생님들은 완력을 사용해 온몸으로 아이들을 붙잡았다. 하지만 소용없었다. 아이들은 괴력을 발휘해 자신을 막는 선생님들을 떨쳐냈다. 아이들에게 밀려 부딪히면서 다친 선생님들로 병원은 인산인해를 이루었다. 아이들은 기이할 정도로 힘이 셌다. 밧줄로 몸을 묶어놓으면, 그 밧줄마저 풀었다. 평소에 5킬로그램짜리 아령 하나 들지 못하는 학생도 비가 내리면 헐크가 되었다. 그나마 다행인 것은 비가 그치고 나면 원 상태로 돌아온다는 거였지만, 그날의 후유증은 며칠간 지속되었다. 아이들은 자신이 왜 그랬는지 스스로를 도저히 이해할 수 없었다.

세계보건기구WHO에서 생물학자, 의료 전문가, 심리 상담사가 총동원됐다. 전문가들은 이상행동을 일으킨 사람들을 대상으로 역학조사를 했고 공통점을 발견했다. 그들은 일명 감기 백신이라고 불리는 TAT 주사를 맞았다. TAT 주사는 한 번이라도 감기에 걸린 사람이 맞으면 효과가 없기에 태어나자마자 맞는다(윤아도 그랬다). 20년 전에 TAT가 국제백신협회의 인정을 받아 전 세계에 상용화되었고, 처음 TAT를 맞은 아이들이 만 17세가 되었을 때 단체로 첫 이상행동이 나타났다.

TAT 주사의 부작용으로 결론을 내리려고 했지만, 해결되지 않는 한 가지 의문점이 있었다. TAT를 맞은 사람들 중에 이상행동이 나타나지 않은 자들이 있었기 때문이다. 두 대조군을 비교한 결과, 문제가 생기지 않은 사람들의 대뇌에서 엘라도파민이 발견되었다. 이로써 이 바이러스는 엘라도파민이 있는 경우에는 비활성화된다는 것이 입증되었다. 그런데 엘라도파민은 키스를 해야만 생겨난다. 이 바이러스는 원인을 찾아낸 폴란드 학자들의 이름인 벨라우케스와 도프만의 이름을 따서 '벨라우케스 도프만 바이러스'라고 명명되었지만, 그 이름이 너무 길고 어려웠기에 간단하게 '키스 바이러스'라고 불렸다.

"민서야, 너는 생일이 언제야?"

"25일."

"좋겠다. 나는 18일인데. 진짜 얼마 안 남았어."

만 17세 생일을 전후해서 이 바이러스로 인한 이상행동이 나타난다. TAT 백신에 의해 침투한 바이러스가 신체 나이 만 17세에 분비되기 시작하는 성장호르몬과 반응하기 때문이다.

"혼자 해서는 안 되나?"

윤아는 입안의 혀로 입천장을 마구 문질렀다. 예방 지침서에 따르면, 엘라도파민은 입천장을 자극해야 나온다.

"그렇게 혼자 해서는 엘라도파민이 생겨나지 않아."

"야한 거 보면서 하면?"

"다 소용없어. 뇌가 바보냐? 엘라도파민은 상대의 침에 반응한 다고."

"아, 그럼 어떡해?"

그런데 윤아와 달리 민서는 꽤 여유로운 표정이다.

"근데 넌 걱정 안 돼? 설마 너 TAT 백신 안 맞았어?"

윤아가 민서에게 얼굴을 가까이 들이대며 물었다. 민서는 검지로 윤아의 이마를 쓱 밀어 제자리에 앉혔다.

"그럼 상담조차 안 받지."

"그럼?"

"그야 나는 했으니까."

민서가 한쪽 입꼬리를 들어 올리며 미소를 지었다.

"너 남친 없잖아. 그런데 어떻게?"

그때 상담실 문이 열리며 지희가 나왔고, 윤아에게 다음 차례라며 들어가보라고 했다. 윤아는 민서의 다음 말을 듣지 못한 채 상담실 안으로 들어갔다. 윤아는 얼떨떨했다. 민서에게 남친이 있었을 줄이야. 키스 바이러스의 비활성화 방법을 알게 된 후, 대부분의 10대들은 만 17세 생일 전에 남친, 여친을 만들겠다는 다짐을 한다. 윤아도 그랬다. 하지만 인생이란 건 뜻대로 되지 않는다.

"자, 앉아."

상담 선생님은 윤아의 학생기록부를 살펴본다.

"성적이 2등급이면 괜찮네. 지망하는 학교도 조금만 더 노력하면 가능할 것 같아. 그런데 어떠니?"

상담 선생님은 엄마처럼 대놓고 키스를 했느냐고 묻지 않는다. 아니, 그럴 수 없다. 10대 인권위원회에서 키스를 강요하는 것을 두고 이의를 제기했기 때문이다. 모든 10대는 키스하지 않을 권리를 가지고 있다,가 10대 인권위에서 발의한 내용이다. 그렇기에 이제 학교에서 일일이 학생들에게 직접적으로 간섭을 할 수 없다. 교육 상담을 빌미로 우회적인 지도를 할 수 있을 뿐이다.

"비 오는 날 너도 봤을 거야. 친구들이나 선배들이 어떤지."

윤아는 알고 있다며 고개를 끄덕였다. 처음 고등학교에 올라왔을 때, 바이러스에 감염된 학생들을 보고 적잖이 놀랐다. 영상으로 보던 것보다 더 끔찍했다. 아무리 비가 세차게 내려도 바이러스에 감염된 아이들은 멈출 줄 몰랐다.

"1년에 비가 오는 날은 50여 일 정도야. 그런데 그중 6, 7, 8월 장마 때는 월 평균 9.3회 비가 오지. 바이러스에 감염되면 그날만큼은 완전히 공부를 할 수 없게 돼. 내년이면 고3이잖니? 안타깝게도 고3 때까지 이 바이러스를 치유하지 못하면, 대학 입시는 다 치른 거라고 할 수 있단다."

상담 선생님은 조곤조곤 말했다. 대입 시험 디데이가 하루하루 줄어들 때마다 숨이 턱턱 막힐 텐데, 바이러스 때문에 여름 내내 공부를 하지 못하면 얼마나 힘들겠느냐는 말에 윤아는 벌써부터 기운이 빠졌다.

"바이러스 감염자들이 점점 줄어들고 있는 거 알지? 윤아도 이겨내길 바랄게."

한국은 전 세계 국가 중 키스 바이러스에 가장 발 빠른 대응을 보였다. 3년 사이, 72퍼센트의 발병률은 13퍼센트로 줄었다.

상담이 끝난 후, 윤아는 인사를 꾸벅하고 문을 열고 나왔다. 다음은 민서 차례다. 민서가 상담실로 들어갔고, 윤아는 교실을 향해 걸었다. 창밖 날씨가 흐리다. 오늘도 비가 오려나? 복도 창문을 열고 손을 내밀었다. 손바닥에 축축함이 느껴진다.

교실 문을 열고 들어가니 이미 1교시 생물 수업이 한창 진행 중이다. 윤아는 조용히 자리에 앉아 교과 태블릿을 열었다. 양서류 사진이 나왔다. 개구리를 보니 엄마의 잔소리가 떠오른다. 청개구리처럼 왜 그러느냐며 엄마는 윤아에게 뭐라고 했다.

윤아가 마지막으로 남친을 사귄 건 중학교 2학년 때다. 엄마는 시후와 만나는 것을 좋아하지 않았다. 어린애들이 무슨 연애냐며, 그건 대학 가서 해도 절대 늦지 않다고, 학생은 학생답게 굴어야 한다고 했다. 한번은 길에서 시후와 손잡고 걷는 걸 들켰는데, 집에 돌아와서 발랑 까졌다느니 뭐니 하며 얼마나 혼났는지 모른다. 키스 바이러스의 치료 방법이 밝혀진 후, 엄마는 곧장 윤아 방문을 열고 들어와 확인했다.

너, 시후랑 키스했지?

그때는 이미 시후와 헤어진 후다. 윤아가 하지 않았다고 하자, 엄마는 윤아의 머리를 쿵 쥐어박으며 한마디 했다.

이 맹추 같으니.

윤아는 엄마가 하라는 대로 했을 뿐이다. 학생이면 학생답게,

건전하게 만나라고 해서 그리 만났다. 시후와 사귈 때 키스할 기회가 없었던 건 아니다. 하지만 엄마의 말이 떠올라, 윤아는 시후를 피했다. 막상 헤어지고 나니 엄마는 반대의 이유로 윤아를 혼냈다. 윤아가 보기에 엄마가 더 청개구리다.

"어, 비다!"

교실 안 누군가가 창밖을 가리키며 말했다. 그 말이 떨어지기 무섭게 세차게 비가 내리기 시작했다. 어제 뉴스에서 본격 장마가 시작될 거란 일기예보가 나왔다. 갑자기 교실 위 천장이 쿵쿵대기 시작했다. 위층엔 3학년 교실이 있다.

운동장에 아이들이 하나둘씩 나타나기 시작했다. 지난번에는 여덟 명이었는데, 이번엔 열 명으로 늘었다. 그사이 신체 나이 만 17세가 지난 아이들이 추가되었나 보다.

"또 시작이네."

생물 선생님이 신경 쓰지 말고 수업에 집중하라고 했다. 아이들 사이에서 어쩌냐, 쯧쯧, 불쌍해, 하는 소리가 오갔다.

"어, 최주은이다."

그 소리를 듣고 윤아는 창밖으로 고개를 돌렸다. 주은도 생일이 지났나 보다. 주은과는 작년에 같은 반이었다. 10대 인권위에서 활동한다는 이야기를 듣긴 들었는데, 결국 저렇게 된 건가. 순간 윤아는 생일 후 비 오는 날 자신의 모습을 떠올렸고, 상상도 하기 싫어 고개를 세차게 저었다. 도저히 그렇게 둘 수는 없다.

수업이 끝나고 선생님이 나가자마자 윤아는 민서 자리로 갔다.

화장실에 가려는 민서의 팔을 윤아는 꽉 잡았다.

"키스, 어떻게 했어? 너 남친 있었어?"

윤아는 민서에게 배신감을 느꼈다. 새 학기 초, 둘은 짝이었고 서로 키스 전이라는 것을 알게 된 후 약속했다. 혹여 한 명이 키스를 못 해 바이러스에 감염되면, 비 오는 날 온몸으로 막아주기로.

"키스를 꼭 남친이랑만 해야 하냐?"

"그럼?"

민서는 윤아에게 가까이 다가오라고 손짓했다.

"대행업체가 있어."

"아무하고나 키스한다고 엘라도파민이 나오는 게 아니라며?"

엘라도파민은 성적 흥분이 있을 때만 나오는 대뇌 호르몬이다.

"그러니까 전문가지. 우리 엄마가 알아왔는데, 예약이 만만치 않아."

옆을 지나던 지원이 쓱 끼어들며 자기도 민서와 같은 곳에서 했다고 말했다.

"너도?"

지원은 정말 전문가가 맞다며, 키스 후 엘라도파민 활성화 검사를 했더니 양성 판정을 받았다고 했다.

"사실 처음엔 다른 곳 갔었거든. 그런데 거기서는 했는데도 엘라도파민이 나오지 않았어."

지원은 학원별로 성공률이 다르다며, 유명한 곳에 가서 해야 한다고 알려줬다.

"처음 보는 사람인데 흥분이 되긴 해?"

"응. 완전 신기해. 끝나고 나서도 어찌나 가슴이 떨리던지."

"정말?"

"하지만 영수증을 보는 순간, 그 마음이 싹 사라지지."

민서의 말에 지원이 맞다며 맞장구쳤다. 민서는 윤아에게 대행 업체 연락처를 알려주었다.

교실 밖으로 나온 윤아는 아무도 없는 복도 끝으로 가서 휴대 전화 버튼을 꾹꾹 눌렀다. 몇 번 통화음이 간 후 여자가 전화를 받았다.

"네. 최강 엘리트 학원입니다."

"저기, 소개받고 전화했는데요. 바이러스 때문에요."

상담 실장이라는 여자는 간략하게 절차를 설명했다.

"혹시 저희 학원 수강생인가요?"

"아니요."

"안타깝네요. 수강생이면 15퍼센트 가격 할인이 가능한데."

수강생 소개라고 하니 5퍼센트 할인을 해주겠다고 했다. 다행히 다음 주 목요일 오후에 비는 시간이 있다며, 원하면 오늘 내로 예약을 하라고 안내했다.

"그럼 지금 당장 예약할게요."

"학생은 미성년자라서 부모님 동의가 필요해요. 부모님과 직접 학원으로 오셔서 예약해야 해요."

윤아는 알겠다고 말한 후 전화를 끊었다.

사흘간의 기말고사가 끝났다. 마지막 답안지를 낸 후, 윤아는 오른팔을 베개 삼아 책상에 엎드렸다. 며칠 동안 제대로 잠을 자지 못했다.

"예약했어?"

민서가 윤아의 팔을 콕콕 찌르며 물었다.

"아직."

"왜?"

"기말 앞두고 정신없었어."

"야, 빨리해. 자리 없으면 어쩌려고. 너 최주은처럼 될 거야?"

그 말에 윤아는 인상을 찌푸렸다.

"오늘 엄마한테 가서 말할 거야."

민서는 윤아의 머리를 쓰다듬으며 이 불쌍한 것, 이라고 했다.

"근데 민서야."

"왜?"

"넌 첫 키스를 아무하고나 한 게 괜찮아?"

"그깟 게, 뭐가 중요해."

민서는 말은 그렇게 하면서 목소리는 점차 작아졌다. 뒷말은 거의 웅얼대듯 내뱉었다.

"난 절대 광녀는 되기 싫다고."

민서는 눈에 힘을 줘 크게 뜬 후 또박또박 말했다. 키스 바이러스에 감염된 이들을 가리켜 아이들끼리 광녀, 광남이라고 불렀다.

"나도 싫어, 광녀."

윤아는 깊은 한숨을 내쉬었다. 윤아와 민서 사이에 침묵이 흘렀다.

"변태 새끼."

윤아가 조용히 읊조렸고, 그 말을 들은 민서가 버럭 화를 냈다.

"뭐? 김윤아, 그거 나한테 한 말이야?"

"아니. 너 말고 왕자 말이야. 그 새끼 완전 변태야. 변태 중의 상변태라고."

"왕자 누구?"

"「백설공주」에 나오는 왕자 새끼 말이야. 백설공주 너무 불쌍해."

윤아는 계속 책상에 엎드린 채로 쯧쯧, 하고 혀까지 찼다.

"백설공주가 왜 불쌍해?"

"성추행당했으니까."

"뭐?"

민서는 갑자기 무슨 헛소리냐고 했다. 윤아는 요 며칠 계속 같은 악몽을 꾸었다. 왕자와 키스하고 있는데, 갑자기 왕자가 개구리로 변해버렸다. 꿈에서 깨어나도 미끌미끌하고 찝찝한 기분이 계속되었다. 꿈을 꾸면서도 왕자가 다가오면 도망쳐야겠다는 생각을 하지만, 꿈속에서 몸은 마음대로 움직여지지 않았다. 매번 왕자에게 강제로 키스를 당했다. 나중에는 왕자가 개구리로 변하지 않아도 싫었다.

"그 왕자 새끼, 시체 애호가인가 뭔가 그거라고. 죽은 여자한테 키스하는 게 제정신이냐?"

기말고사를 준비하는 와중에도 키스는 계속해서 윤아 머릿속을 떠나지 않았다. 문득 윤아가 처음 접한 키스 장면이 어디였나를 따져보니, 「백설공주」였다. 왕비의 독 사과를 삼킨 백설공주는 죽은 거로 오인되어 관에 들어가 있다. 그런 공주에게 처음 보는 왕자가 와서 키스를 한다. 어렸을 때는 그게 멋지다고 생각했고, 공주처럼 누워 있으면서 엄마나 아빠에게 키스를 해야 일어난다며 백설공주 놀이를 하기도 했다. 하지만 그건 낭만적인 게 아니라 추악하다.

"뭐 그렇긴 하지만, 그래도 그 덕에 백설공주가 깨어났잖아."

"그건 결과론일 뿐이야."

그러면서 윤아는 고개를 들며 상반신을 일으켜 세웠다.

"왕자 그놈은 성범죄자라고. 더러워. 아니, 흉악해. 왕자면 다야? 왜 죽은 여자한테 일방적으로 키스하고 지랄이야? 그 왕자만 문제가 아니야. 「잠자는 숲속의 공주」에 나오는 왕자도 다를 게 없어. 왜 이리 미친놈들이 많은 거야. 난 나중에 아이 낳으면 딸이든 아들이든 간에 그런 동화 절대 안 읽어줄 거야!"

윤아는 두 주먹을 꽉 쥔 채 씩씩댔다.

"너, 시험 망쳤냐?"

"몰라. 그런 것도 같고, 아닌 것도 같고."

"너 제정신 아닌 것 같아. 얼른 가방 챙겨서 집에나 가."

민서는 가방 걸이에 걸린 가방을 빼서 윤아 품 안으로 밀었다.

"쯧쯧."

민서가 고개를 절레절레 저으며 혀를 찼다. 민서는 벌써 윤아를 예비 광녀로 취급했다.

집으로 돌아온 윤아는 교복을 입은 채 가방만 내려놓고 소파에 눕듯이 기대앉았다. 오늘은 기말고사가 끝나는 날이라 점심만 먹고 하교했다.

텔레비전을 켰다. 이제 시험도 끝났으니 텔레비전을 실컷 볼 테다. 리모컨으로 채널을 하나씩 위로 올렸다. 딱히 볼만한 게 없다. 시험 기간에는 시사 토론 프로그램도 재밌는데, 시험이 끝난 지금은 웃긴 예능도 없는 것 같고 드라마도 시시하다. 채널을 계속 돌리는데, 화면 위 글자에 눈이 갔다.

'키스 바이러스, 치료 약 개발 중.'

윤아는 리모컨을 탁자 위에 내려놓은 후 몸을 세워 똑바로 소파에 앉았다. 뉴스에선 생물학 박사라는 전문가가 나와서 앵커와 대담 중이다. 윤아는 침을 꼴깍 삼키며 화면에 집중했다.

TOP NEWS

"그러니까 지금, 스위스에서 엘라도파민을 인위적으로 만들어내는 물질을 찾았다는 거죠?"

"네, 그렇습니다. 엘라도파민은 호르몬의 일종이거든요. 대뇌에 자극을 주는 물질 세 개를 스위스 과학 연구 팀이 찾았고, 지금 약물을 개발 중이라고 합니다."

"그럼 언제쯤 상용화될 수 있을까요?"

"아직 완성 단계가 아니기에 당장은 어렵습니다. 하지만 3년 안에
해결할 수 있을 거라고 유럽의 학자들이 말하고 있습니다."

전문가의 3년이란 말에 윤아는 김이 빠졌다. 그때까지 기다리
느니 차라리 남은 일주일 동안 개구리와 키스를 하든가 해서 어
떻게든 해치우는 게 낫겠다.

TOP NEWS

"이번에는 다른 관점에서 묻겠습니다. 벨라우케스 도프만 바이러스,
일명 키스 바이러스를 두고 일부 학자들은 저조한 출산율을 높일 수
있다는 주장도 합니다. 어떻게 생각하십니까?"

"글쎄요. 아직 이 바이러스가 확인된 지 3년밖에 되지 않았고,
그사이 출산율의 변화를 따져보면 크게 변동은 없는 것 같습니다."

"하지만 앞으로도 이 바이러스가 계속된다면
유의미한 변화가 있을까요?"

"뭐 그럴 수도 있겠죠."

언제나처럼 앵커는 전쟁이라도 난 것처럼 흥분한 채 묻고, 전
문가는 책 읽듯 감정 하나 없이 딱딱하게 답하고 있다. 윤아는 텔
레비전을 껐다. 전문가의 의견 같은 건 전혀 도움이 되지 않는다.
윤아는 다시 소파에 드러누웠다. 아무래도 대행업체에 연락을 해
야 하는 걸까? 이제, 정말 며칠 남지 않았다.

"여기서 뭐 해?"

소파에 누워 그대로 잠이 들었나 보다. 눈을 떠보니 퇴근한 엄마가 윤아를 내려다보고 있다.

"키스는?"

윤아는 인상을 찡그렸다.

"아직도 안 했어? 알아서 한다며?"

"엄마는 나만 보면 할 얘기가 그거밖에 없어? 맨날 키스, 키스, 키스! 지겨워 죽겠다고!"

"니가 안 하니까 그러지. 다른 집 애들은 다 했다는데 왜 너만 못 하고 있어?"

"하면 되잖아."

"그럼 해, 하라고. 내가 나 좋으라고 너한테 키스하라는 거야? 다 너를 위해서잖아."

"할 거야, 할 거라고!"

윤아는 소리를 빽 지른 후 도망치듯 현관문을 열고 밖으로 나왔다. 씩씩대며 엘리베이터를 타고 내려왔는데, 딱히 갈 곳이 없다. 윤아는 근처 놀이터로 갔다. 빈 벤치가 있어 거기에 앉았다. 놀이터에서 유치원생들이 뛰놀고 있다.

"좋겠다, 니들은."

윤아는 저도 모르게 그 말이 나왔다. 저 아이들은 아직 키스 때문에 스트레스 받을 일이 없을 거다. 윤아도 그런 때가 있었다.

아무래도 안 되겠다 싶어 윤아는 휴대전화를 꺼내 버튼을 눌렀다.

"안녕하세요, 며칠 전에 연락한 학생인데요."

상담 실장은 예약이 꽉 차서 다음 주 수요일까지는 불가능하다고 했다.

"저기, 어떻게 안 될까요?"

"진작 예약을 했어야죠."

윤아의 사정에도 불구하고 상담 실장은 안 된다고 칼같이 말했다. 일찍 일어나는 새가 벌레만 먼저 잡아먹는 게 아니라, 키스도 먼저 할 수 있나 보다.

윤아는 급하게 인터넷으로 다른 대행업체를 찾아보았다. 대부분 일주일 내로 예약은 어렵다고 했다. 몇몇 곳은 당장 가능하다고 했지만, 학원과 연계된 곳이 아니라 믿을 만하지 않았다. 그곳의 상담 실장들은 오히려 학원과 연계된 곳이 비싼 요금을 받는다며, 자신들은 거품 없는 가격으로 진행한다고 홍보했다. 대행업체가 이렇게 인기가 많을 줄 몰랐다. 하긴, 부모들은 자녀가 진짜 사랑에 빠져 키스하기보다 바이러스의 면역력만 만드는 걸 더 선호한다. 윤아는 다시 전화하겠다는 말을 남기고 전화를 끊었다.

어떻게 해야 할 것인가. 모르는 사람과의 첫 키스라니, 정말 별로다. 다른 방법은 없을까. 윤아는 연락처 목록을 죽 살폈다. 이 수많은 사람 중에 키스할 사람이 한 명쯤은 있을 거다. 어쩌면 늦었다고 생각할 때가 가장 빠른 건지도 모른다.

윤아는 키스하고 싶은 대상의 목록을 추려보았다.

1번 김지안.

2번 윤시후.

3번 한영운.

1번 김지안은 사촌 오빠 친구로 작년 여름방학 때 윤아에게 영어 과외를 해주었다. 처음 봤을 때 준수한 외모 때문에 호감이 갔다. 이러다가 과외 선생님과 사귀게 되는 게 아닐까 싶었지만, 입 냄새가 났다. 양치를 잘 안 하는지, 충치가 있는지, 담배를 피우는지, 아니면 그 세 개가 다 해당되는지 과외를 받을 때마다 미묘하게 냄새가 나서 최대한 멀리 떨어져 앉아 수업을 받았다. 하지만 1년 사이에 좀 나아졌을 수도 있다. 어떻게 지내나 SNS에 들어가 보니, 빌어먹을, 여친이 있다. 1번은 패스다.

2번 윤시후, 전 남친. 아무리 급해도 이건 아니다. 구질구질한 여자로 기억되고 싶지 않다. 왜 여태 번호를 안 지운 걸까. 윤아는 버튼을 눌러 시후의 연락처를 삭제했다.

3번 한영운, 초등학생 때부터 알고 지낸 남자 사람 친구다. 초등학교와 중학교를 같이 다녔고, 엄마들끼리 친해 소식은 종종 듣고 있다. 고등학교 입학 후에는 계절이 바뀔 때마다 가끔씩 필요에 의해 연락을 주고받았다. 숙제를 공유하거나, 친구의 전 남친 소식 같은 것을 알아내기 위해. 영운의 생일은 9월이다. 영운이 여친 사귀었다는 이야긴 들어본 적이 없다. 분명 영운도 윤아와 같은 처지일 거다. 그래, 3번이다!

윤아는 영운에게 메시지를 보냈다.

잘 지냄?

잠시 후 답이 왔다.

ㅇㅇ

시험 끝났어?

ㅇㅇ

하여간 영운은 매번 이런 식이다. 뭘 물으면 'ㅇㅇ' 아니면 'ㅇㄴ'으로만 대답한다. 실제 만났을 때도 그렇다. 크게 화를 내거나 신나게 웃는 걸 본 적이 없다. 영운은 감정 폭이 크지 않다. 뭐, 어찌 보면 담백하다고 할 수 있다. 윤아는 최대한 좋게 보려고 노력했다.

여름 특강 신청함?

ㅇㅇ

영수 다?

ㅇㅇ

'ㅇㅇ'으로만 된 답을 받고 있자니 슬슬 짜증이 났다. 단도직입적으로 물어봐야겠다.

너 키스함?

실시간으로 답을 보내던 영운에게 답이 없다. 1분 정도가 지난 후 답이 왔다.

당근 했지.

윤아는 피식 웃음이 나왔다. 만약 했다면 곧바로 'ㅇㅇ'이라고 답이 왔을 거다.

안 했군. 그럼 우리 서로 상부상조하자. 키스, 나랑 하자.

나 했거든?

웃기지 마.

내가 개그맨이냐 웃기게.

진짜 함?

ㅇㅇ

이런, 괜히 물어봤다. 이로써 혼자만 찐따 인증이다. 영운마저 키스를 했을 줄이야. 엄마 말대로 다른 집 애들은 정말로 다 키스를 했나 보다. 키스를 하지 않은 건 윤아뿐인지도 모른다.

갑자기 슬픔이 몰려왔고, 그래서인지 배가 고파졌다. 키스 그

까짓 거 해버리고 말겠다고 호언장담이나 하지 말걸. 자존심보다 배고픔이 먼저다. 윤아는 천천히 일어나 집으로 향했다.

결국 대행업체를 이용하기로 했다. 엄마에게 대행업체가 있다고 말을 하니, 그걸 왜 이제야 말하냐며 여기저기 연락을 돌리기 시작했다. 그러곤 지인의 지인의 지인의 지인 찬스를 써서, 학원과 연계된 곳으로 예약을 잡았다.

"그러니까 넌 엄마가 시키는 대로만 하면 된다고. 네가 알아서 하긴 뭘 알아서 해. 앞으로 엄마만 잘 따라와. 알았어?"

엄마는 의기양양하게 말했고, 윤아는 고개를 숙인 채 알았다고 대답했다.

엄마는 한참 더 잔소리를 한 후 방문을 열고 나갔다. 그동안의 고민이 한 방에 해결됐지만, 왜 마음의 무게는 덜어지지 않는 건지 모르겠다. 의자에 앉아 멍하니 있는데, 메시지 알림음이 울렸다. 영운이다.

> 실은…… 나도 아직 키스 전이야. 나랑 하자.

윤아는 잠시 고민에 빠졌다.

아무래도 영운이 낫겠다. 윤아는 복수하기 위해 달랑 'ㅇㅇ'이라고 우선 답을 보냈다.

디데이는 수요일로 잡았다. 마침 그날 저녁, 영운의 부모님에게 저녁 모임 약속이 있어 영운네 집이 비었다. 남친과 키스를 한 아이들에게 어느 장소에서 했냐고 물으니, 한적한 공원이나 학원의 빈 강의실을 추천했다. 하지만 그곳은 다른 사람에게 들킬 수 있다. 집은 그럴 위험이 없다. 집은 키스하기 위한 최적의 장소다. 집에서 키스를 한 아이들에게 물어보니, 키스를 하려고 한 건 아니고 어쩌다 보니 하게 되었다고 했다. 부모님 없이 빈집에 있다 보면 하지 않으려야 않을 수가 없다며 말이다.

"왔어?"

영운이 문을 열어주었다. 영운은 남색 티셔츠에 반바지 차림이다. 윤아도 집에 가서 사복으로 갈아입고 왔다. 피케 티셔츠에 청바지를 입었다.

"밥 먹었어?"

영운이 그렇다고 고개를 끄덕였다. 이미 사전에 다 약속된 내용이다. 윤아와 영운은 키스를 위한 완벽한 계획을 짰다. 같이 만나서 밥을 먹고 차례대로 양치를 하는 건 민망하니까, 각자 먹은 후 양치까지 끝낸 상태에서 만나기로 했다.

윤아는 첫 키스를 상상하며 인터넷으로 영화와 드라마 속 키스 동영상을 찾아봤다. 입술과 입술이 닿으면 어떤 느낌일까? 부드러울까? 윤아는 제 윗입술과 아랫입술을 맞부딪쳐봤지만 이것과는 느낌이 완전 다를 거다. 키스를 해본 아이들은 영화를 꿈꾸지 말라고 했다. 생각만큼 분위기 있거나 달콤하지만은 않다고 말이다. 세미는 축축한 느낌 때문에 별로라고 했고, 연재는 남친이 키스 전에 먹은 튀김 맛이 나서 느끼해 죽는 줄 알았다고 했다. 그러면서 키스를 해본 아이들은 키스 전에 먹을 음식을 잘 선택하라고 알려주었다. 아무래도 한식은 마늘이 들어가니까 냄새가 날까 봐 윤아는 저녁으로 가볍게 샌드위치를 먹었다.

"이거 마셔."

윤아는 영운이 주는 사과 주스를 마셨다. 양치를 하고 곧바로 와서 그런지 단맛이 별로 느껴지지 않았다.

"영화 볼래?"

"그러지 뭐."

둘은 거실로 나갔다. 소파에 앉아 영화 목록을 찬찬히 살폈다. 영화 선택은 아주 중요하다. 키스할 분위기를 만들기 위해서는 심각한 내용은 피해야 한다. 또한 너무 재미있어도 안 된다. 그러면 영화에 집중하느라 키스할 여유가 없다. 남녀 주인공이 너무 잘생기거나 예쁜 영화도 배제했다. 그런 영화는 옆에 있는 사람을 꼴뚜기로 만든다.

"이거 볼까?"

"응."

윤아는 소개 글을 보고 좋다고 대답했다. 오랜 친구였던 남녀가 서로에게 애인이 생기면서, 비로소 서로를 좋아한다는 걸 깨닫는 로맨틱 코미디다.

영운이 플레이 버튼을 눌렀고 영화가 시작됐다. 윤아는 들고 있던 주스 잔을 슬며시 탁자 위로 내려놓았다. 너무 많이 마시면 영화 보는 중에 화장실에 가고 싶어질지도 모른다.

애인이 먼저 생기는 건 여자다. 남주는 여주의 애인이 별로라며 틱틱댄다. 윤아는 주인공들에게 자신과 영운을 대입했다. 남자 사람 친구인 영운과 나중에 저렇게 되는 게 아닐까? 하지만 그러기에는 주인공들과 달리 영운과 별로 친하지 않다.

남주에게도 결국 애인이 생긴다. 남주와 애인이 키스를 하는 장면이 나온다. 영화의 두번째 키스 장면이다. 아까 여주와 그 남친은 가벼운 키스를 한 반면, 이번에는 딥키스다. 옆에서 부스럭거리는 소리가 났다. 영운이 사탕 봉지를 까고 있다. 영운 역시 지금이 타이밍이란 걸 알았나 보다. 윤아는 몹시 긴장되었다. 둘 다 처음 키스를 하는 거라 사탕을 이용하기로 미리 약속했다. 입 안에 있는 사탕을 상대의 입에 넣어주는 일을 반복하면 키스를 오래 할 수 있다고 들었다.

영운에게서 달콤한 사탕 향기가 났다. 윤아와 영운은 거의 동시에 서로를 향해 고개를 돌렸고, 눈이 마주쳤다.

방학식 날임에도 불구하고, 4교시까지 수업을 하기로 했다. 그 말에 우우, 소리치자 선생님은 또 예비 고3 이야기를 꺼내며 아이들을 주눅 들게 만들었다.

한창 2교시 수학 수업 중에 갑자기 비가 내리기 시작했다. 방금 전까지 날이 아주 좋았다.

"오늘 비 온다는 예보 없었는데. 소나기인가 보네."

짝꿍 새미가 창밖을 보며 한마디 했다.

빗방울이 굵어지면서 천장이 쿵쾅대기 시작했다. 그런데 윤아의 몸이 이상했다. 저 아래에서부터 무언가가 끓어오르더니, 도저히 그대로 앉아 있을 수가 없다. 숨이 가빠지면서 심장이 터질 것만 같다. 윤아는 자리에서 벌떡 일어섰다. 비가, 윤아를 부르고 있다.

"야, 너 왜 그래?"

아이들의 시선이 모두 윤아에게 쏠렸다. 교실 문을 열고 나가려는 윤아를 누군가가 뒤에서 꽉 안았다. 민서다.

"정신 차려, 윤아야. 제발, 제발!"

민서는 온 힘을 다해 윤아를 안았다. 하지만 윤아의 힘은 너무나 셌다. 윤아는 양팔을 벌려 가뿐히 민서를 밀쳐냈다. 민서는 바닥을 굴렀다.

"윤아야, 윤아야!"

윤아는 민서의 부름을 뒤로하고 복도로 나갔다. 계단을 내려가 현관문을 활짝 열었다. 운동장에는 이미 다른 아이들이 와 있다. 윤아는 그 아이들을 향해 힘껏 달렸다. 몸으로 스며드는 비의 감촉이 매우 시원하다.

그날, 영운과는 키스를 하지 않았다. 충분히 키스할 수 있는 상황이었다. 좋은 분위기, 키스에 대한 궁금증, 상대에 대한 호감이 있었으니까. 하지만 만들어진 상황이었다. 영화 속 배우들과 윤아는 별반 다를 게 없었다.

"우리가 꼭 지시대로 움직이는 연기자 같아. 난 진짠데."

영운과 눈이 마주쳤을 때, 윤아는 이 말을 했다. 갑자기 영운이 큭큭 웃기 시작했다. 영운이 그렇게 크게 웃는 건 처음 봤다. 그런 영운을 보고 있으니 윤아도 스르르 몸의 긴장이 풀렸다. 윤아도 영운을 따라 웃기 시작했다. 그렇게 한참을 웃는 바람에 둘은 영화의 몇 장면을 보지 못했다.

"이렇게 하는 건 아닌 거 같아."

윤아의 말에 영운이 빙긋 웃으며 고개를 끄덕였다.

"어? 둘이 헤어졌네?"

영운이 화면을 가리키며 말했다. 윤아와 영운은 다시 영화를 보기 시작했다. 키스를 하지 않기로 했지만, 이상하게 그때부터 윤아의 가슴이 콩닥콩닥 뛰기 시작했다. 어쩌면 훗날 영운과 진짜 키스를 할지도 모른다.

비를 맞으며 한창 달리고 있는데 주은과 눈이 마주쳤다. 주은은 입안에 비가 들이치는데도 불구하고 크게 입을 벌리며 웃고 있다. 주은은 팔을 마구 휘저으며 운동장을 달렸다. 윤아의 어깨가 꿈틀거리기 시작했다. 윤아도 주은이 하는 것처럼 팔을 움직였더니 몸이 가뿐해졌다. 진짜 날개가 돋아나 날아다니는 기분이 들었다.

누군가가 "날개야, 다시 돋아라!" 하고 소리를 질렀다. 그러자 주은이 "날자. 날자. 날자. 한 번만 더 날자꾸나"라고 외쳤다. 윤아가 그다음 말을 받아 이었다.

"한 번만 더 날아보자꾸나!"

운동장에는 열두 마리의 새가 힘차게 날고 있다.

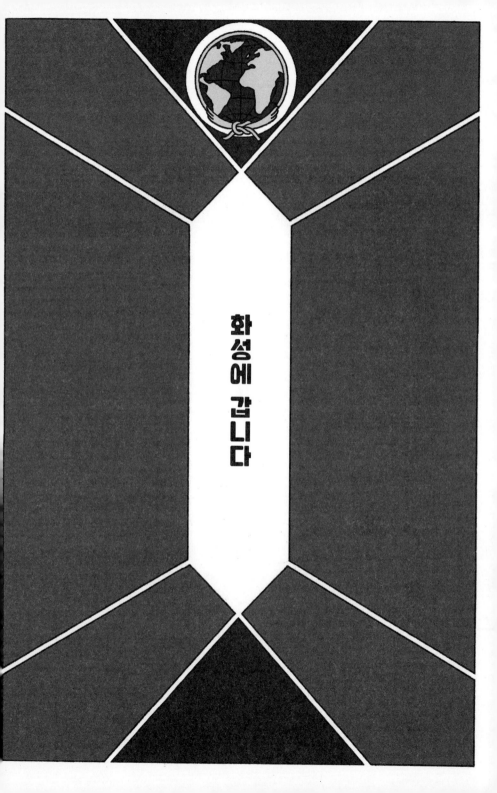

화성에 갑니다

내일이 없던 선빈에게 처음으로 내일이 생겼다.

"대박! 너 그럼 대입 시험 안 봐도 되는 거야?"

"야, 대입이 뭐냐. 선빈이는 이제 아무 걱정 없다고. 군대도 안 가도 되고."

"취업 걱정도 안 해도 된다니. 자식 좋겠다."

"천국이 따로 없구나."

친구들은 모두 선빈을 부러워했다. 선빈도 스스로가 다 부러울 정도였다. 모두들 일생 최대의 행운을 얻게 된 선빈을 축하하고 또 축하해주었다.

응모를 하면서도 선빈은 조금도 기대하지 않았다. 당첨 운 같은 게 한 번도 따라준 적이 없으니까. 어렸을 적부터 그랬다. 남들 다 간다는 어린이집부터 선빈은 맞벌이 자녀였지만 가지 못했다. 엄마는 근처에 사는 베이비 시터에게 선빈을 맡겼다. 시터비를 주고 나면 월급이 얼마 남지 않았지만, 길게 보면 그게 낫다며 엄마는 스스로를 위안했다.

다섯 살이 되어 유치원에 갈 나이가 되었지만 추첨마다 떨어졌다. 시터 이모는 활동량이 많은 선빈을 따라다니는 게 힘들다며 그만두었고, 이번에는 나이 든 할머니 시터가 선빈을 맡았다. 초등학교 2학년 때, 담임 선생님은 추첨을 해서 반장부터 미화부장, 예절부장 등 20개의 감투를 만들었다. 선빈은 아무 감투도 쓰지 못한 다섯 명의 아이 중 한 명이었다.

선빈은 초등학교 야구부였다. 어느 날 졸업생인 야구 선수가 학교를 방문했다. 그는 사인 볼을 열다섯 개 가져왔고, 두 명은 그 공을 받지 못했다. 그 두 명 중 한 명이 선빈이다. 선빈은 더 이상 야구가 재밌지 않았고, 얼마 후 야구부를 그만두었다. 중학교는 추첨제로 갔는데, 선빈만 근처 학교가 아닌 버스를 타고 30분을 가야 하는 곳에 혼자 배정받았다. 아빠가 교육청에 전화를 걸어 근거리 우선 배정이 되어야 하는 것 아니냐고 따졌지만, 교육청에서는 간혹 이런 경우가 있다며 어쩔 수 없다는 말만 반복했다. 친구들과 떨어져 홀로 입학식에 가며 선빈은 다짐했다. 추첨을 하는 데 절대 응모하지 않겠다고. 추첨이야말로 다른 조건을 배제한 세상에서 가장 공정한 방식이라고 하지만, 선빈은 자신에게 추첨운이 없다는 것을 깨달았다. 나중에 어른이 돼도 로또 한 장 사지 않을 테다.

그렇기에 이번에도 응모할 생각 따윈 없었다. 전국이, 아니 전 세계가 떠들썩했지만 선빈은 자신과는 상관없는 일이라 여겼다. 만약 100명 중에 99명을 뽑더라도 선빈은 뽑히지 못하는 한 명에 속할 테니까. 반 아이들이 재미 삼아 신청했다고 해서 얼떨결에 선빈도 응모했을 뿐이다. 그런데 선빈이 뽑혔다. 자그마치 1억 분의 1 확률이었다. 선빈은 생각을 바꿨다. 이제껏 선빈이 운이 없었던 게 아니다. 이번 행운을 위해 그동안 모든 행운이 비켜 나간 것뿐이다. '화성인'이라는 대운을 위해서 말이다. 선빈은, 이제 곧 화성인이 된다.

나사와 로켓을 만드는 스미스사가 공동으로 화성인 이주 프로젝트인 MARS-X를 진행 중이다. 나사와 협력을 맺은 50개국에서 각 한 명씩 추첨을 통해 이주인을 선발했다. 만 18세 이상의 사람이라면 성별, 직업에 상관없이 신청할 수 있었다. 선빈은 바로 이 프로젝트에서 대한민국 대표로 뽑혔다.

50인의 예비 화성인은 이번 달 말 미국으로 입국하여 6개월간 훈련을 받은 후, 내년 3월 화성으로 떠난다. 지구 최초의 50인은 화성의 개척자가 되어 다양한 혜택을 받을 수 있다. 향후 화성으로 이주하려면 천문학적인 이주비를 내야 하지만, MARS-X 선발자들은 모든 게 무료다. 화성에 자기 이름으로 된 연구소 겸 집을 한 채씩 받게 되고, 우수 생활자는 화성 초청권을 얻어 지인을 화성인으로 추천할 수 있다.

수많은 방송국과 신문사에서 선빈을 취재하러 왔고, 많은 사람의 축하를 받았다. 그런데 아빠가 선빈이 화성에 가는 것을 반대하고 나섰다. 부모로서 허락을 하지 않겠다고 했다. 선빈은 지난번 인터뷰를 한 방송국 피디인 한동혁의 도움을 받아 변호사를 만나러 갔다.

"아빠가 반대하면, 저는 화성에 갈 수 없는 건가요?"

나사에서 온 서류를 검토하던 변호사는 볼펜으로 책상 위를 딱딱 찍었다.

"선빈 군은 만 18세가 넘었기 때문에 부모 동의가 없어도 여권 발급이 가능해요. 이 말인즉슨 해외여행을 부모 동의 없이 갈 수 있다는 거죠."

"그러면 미국 출국에는 아무 문제 없다는 거지?"

함께 따라온 피디가 변호사에게 물었다. 변호사는 피디의 대학 선배다. 피디는 선빈이 미국에서 지내며 훈련받는 모습을 방송으로 만들고 싶다고 제안했다. 화성인 준비 다큐 방송은 사람들의 흥미를 끌 것이기에 여러 방송사에서 선빈을 찾아왔다. 선빈은 그중에서 가장 인지도가 높은 방송국을 골랐다. 화성인으로 뽑히고 나니 여러모로 좋은 게 많다. 순식간에 을에서 갑이 되었다. 이제 일방적으로 선택받기를 기다리는 게 아니라, 선택을 할 수 있다.

"그렇긴 하지. 미국에 가는 건 가능한데, 문제는 화성이 외국은 아니니까."

변호사가 고개를 갸우뚱하며 말했다.

"그래도 선빈이네 부모님이 화성에 가는 걸 막을 법적 효력 같은 건 없는 거잖아?"

"응. 현행법상으로는 그래."

변호사의 말에 선빈과 피디는 안도의 숨을 내쉬었다.

"그런데 만약 부모가 소송이라도 제기하면 골치 아파져."

"왜?"

"우리나라에서 만 18세가 좀 애매하거든. 만 18세가 되면 결혼은 할 수 있어. 그런데 부모 동의가 필요해."

"그러면 부모 동의 없이 결혼하려면 몇 살이 돼야 하는 거야?"

"만 19세. 결혼을 독립권으로 여긴다면, 아직 선빈이는 부모의 동의가 있어야만 독립이 가능해. 화성에 가는 것을 이 선상에서 보면, 부모가 동의하지 않으면 화성에 못 가게 될 수도 있어."

변호사는 이 건은 아직 판례가 없기에 명확하게 이야기할 수 없다고 했다. 사실 법이라는 게 명확해 보이지만, 상황에 따라 이럴 땐 이렇고 저럴 땐 저렇게 바뀌면서 그때그때 다르게 적용되는 경우가 많다.

선빈은 만 18세와 만 19세에 대해 생각했다. 만 19세가 되면 술도 마시고, 담배도 사고, 국회의원과 대통령도 뽑을 수 있다. 하지만 만 19세가 되기 하루 전만 하더라도 법적으로 아무것도 하지 못한다. 선빈의 삶은 만 19세가 되어도 지금과 별 차이 없을 것 같지만, 법은 그렇게 보지 않는다.

"만약에 얘네 부모님이 문제를 삼더라도, 선빈이가 만 19세가 되면 자기 의지대로 할 수 있다는 거야?"

"그렇지."

한 피디는 선빈에게 생일이 언제냐고 물었다. 2월이라고 대답하자, 갑자기 한 피디가 큰 소리로 웃기 시작했다. 화성으로의 이주는 내년 3월이다. 화성 이주 시기에는 선빈이 만 19세가 넘기에 문제가 되지 않는다.

상담을 마치고 변호사 사무실에서 나왔다. 저녁 6시가 조금 넘었고, 피디는 선빈에게 같이 밥을 먹자고 했다.

"뭐 먹고 싶어?"

"햄버거요."

마침 사무실 옆에 버거 가게가 있었다. 선빈은 더블치즈버거를, 피디는 새우버거를 시켰다.

"이런 건 미국 가면 매일 먹을 텐데."

한 피디가 햄버거가 담긴 쟁반을 선빈 앞에 내려놓으며 말했다.

"미국에서 못 먹을 걸 먹어둬야 하는 거 아니야?"

"그런가요?"

선빈은 아직 한국을 떠나는 게 실감이 나지 않는다. 미국 생활은 텔레비전이나 영화에서 본 게 있기에 어느 정도 상상이 가지만, 화성은 그렇지 않다. 영화 속 화성은 모두 세트로 만들어진 가짜다. 진짜 화성에 가본 사람은 아직 없다.

"피디님도 MARS-X에 응모했어요?"

햄버거를 먹고 있던 한 피디가 고개를 끄덕였다. 전 국민의 80퍼센트 이상이 응모했다고 들었다. 선빈 주변에 응모하지 않은 사람은 아빠뿐이다.

"만약 피디님이 뽑혔으면 어땠을 거 같아요? 고민 안 했을 거 같아요?"

"왜? 고민돼?"

"뭐, 조금요."

"하긴 그렇겠다. 한 번 가면 돌아올 수 없으니까."

화성행은 편도다. 가는 데만도 7개월이 걸리고, 죽을 때까지 그곳의 타운하우스에서 살아야 한다. 돌아오는 티켓은 제공되지 않는다.

"그래도 난 네가 부럽다. 나도 아무 걱정 없이 살고 싶어."

"피디님이 무슨 걱정이 있어요? 좋은 직장 다니시잖아요."

"좋은 직장은 개뿔. 나 외주야."

"예? 그게 뭔데요?"

"방송국 소속이 아니라고. 방송 못 따면 월급 없어. 한마디로 비정규직이라고."

"피디님 서울대 나왔다고 하지 않았어요?"

"서울대가 뭐라고. 서울대 나와도 다 똑같아. 이렇게 돈 벌어서 어디 결혼이나 할 수 있을지 모르겠다. 전세 얻을 돈도 없고, 나중에 자식 교육비는 또 어떻게 할지."

선빈은 눈을 껌벅거리며 가만히 한 피디를 바라보았다. 지방대를 다니고 있는 사촌 형도 똑같은 말을 했다. 선빈도 이곳에서 5년 후, 10년 후가 되면 둘과 똑같은 말을 하고 있을까.

"기회는 올 때 잡아야 해."

한 피디는 얼음밖에 남지 않은 콜라를 빨대로 쪽쪽 빨아 마시며 말했다. 다들 나가라고 하고, 다들 떠나라고 한다. 친구 우진의 말대로 어쩌면 화성은 천국인지도 모르겠다.

햄버거를 다 먹고 선빈은 한 피디와 헤어졌다. 한 피디는 편집할 게 있다며 야근하러 방송국에 가봐야 한다고 했다. 나사에서 연락이 오면 한 피디에게 연락을 주기로 했다.

집으로 돌아왔을 때, 아빠는 거실에 앉아 텔레비전을 보고 있었다. 오늘도 카페 문을 일찍 닫았나 보다. 선빈은 고개를 꾸벅 숙여 다녀왔다는 인사를 했다.

"잠깐 여기 앉아봐."

아빠가 선빈을 불렀고, 선빈은 쭈뼛거리며 맞은편에 앉았다. 요즘 아빠와 마주치는 게 불편하다. 하지만 오늘은 선빈도 할 말이 있다.

"나 오늘 변호사 만나고 왔어. 내가 만 18세가 넘었기에 미국 출국에 아무런 문제가 없대."

아빠가 어휴, 하고 한숨을 쉬었다.

"너, 기어이 가야겠어?"

"응. 나 가고 싶어. 이게 어떻게 찾아온 기회인데. 다들 날 얼마나 부러워하는데. 아빠 빼고 다들 축하해준다고."

"그 사람들은 남 일이니까 쉽게 말하는 거야. 화성이 어디 외국처럼 왔다 갔다 할 수 있는 곳이야? 그리고 거기 누가 있어? 가족이 있어, 친구가 있어?"

"친구야 가서 사귀면 되지."

"고작 50명 가는 거라며. 나이도 다르고, 나라도 다른데 그게 무슨 친구야?"

"친구 같은 거 다 필요 없다며? 친구 따위 믿지 말라며?"

아빠는 좋은 투자처가 있다는 친구의 말을 믿고 엄마 몰래 집을 담보대출 받아 투자했다. 하지만 친구는 도망가버렸고, 투자금은 고스란히 다 날아갔다. 그는 아빠의 30년 지기 절친이었다. 그때 일이 떠올랐는지 아빠의 표정이 굳어졌다.

"화성에 가면 여기서 할 수 있는 것들을 할 수가 없어. 네가 거기 가서 무슨 일을 할 건데?"

"그럼 여기서는?"

"뭐?"

"여기서는 내가 무슨 일을 할 수 있을 것 같아?"

"그거야 뭐, 찾으면 되지. 언제부터 니가 그렇게 계획적이었다고 그래?"

아빠는 당황했는지 말을 돌렸다.

"나, 엄마 아빠처럼 살고 싶지 않아. 아니, 더 정확히 말하면 엄마 아빠만큼 살 자신이 없다고."

선빈은 꾹꾹 참았던 말을 내뱉었다.

"내 학교 성적이 어떤데. 나는 엄마, 아빠보다 좋은 대학 못 갈

게 뻔해. 그러면 취업도 힘들어. 설사 운 좋게 취업한다고 쳐. 엄마, 아빠처럼 명퇴당할 건데 뭐.”

3년 전, 건설 회사를 다니던 아빠는 명예퇴직을 했다. 엄마도 곧 회사를 그만둔다. 엄마가 다니던 콜 센터가 문을 닫기 때문이다. 앞으로 콜 센터 업무는 컴퓨터가 전부 대체할 거다.

“아빠, 내가 여기서 뭐 하며 살 수 있을 거 같아? 나, 하고 싶은 게 없어. 좋아하는 것도 없고.”

이 말을 하면서 선빈은 서글퍼졌다. 자신의 현실을 이렇게 입 밖에 내어 말해본 건 처음이다. 선빈은 왜 자신이 화성에 가야만 하는지 다시 한번 깨달았다.

“나, 화성에서 새로운 삶을 살 거야. 그곳에서 개척자가 될 거야. 지구는 저무는 해라고. 거기 지을 예정이라는 타운하우스 시설 안 봤어? 완전 최신식이야. 그걸 누릴 수 있는 사람이 몇이나 되겠어?”

선빈은 아빠에게 수십 번 말하고 또 말했던, 화성에서의 혜택에 대해 이야기했다. 하지만 그럴수록 아빠의 얼굴은 더 일그러지기만 했다.

아빠와는 평행선인 채로 달리는 기분이다. 평행선은 절대 만날 수 없다.

“어쨌든 난 갈 거야. 말리지 마.”

선빈은 그 말을 남기고 방으로 들어왔다. 문 바깥에서 아빠가 정신 똑바로 차리라고 소리치는 게 들렸다. 선빈은 “그러니까 가겠다는 거잖아"라고 혼잣말을 했다.

침대에 벌러덩 누웠다. 2주 전이었다면, 지금쯤 학원에 있거나 집에 있더라도 마음 편히 누워 있지 못했을 거다. 머리에 들어오지도 않는 문학작품을 달달 외우고, 도무지 이해되지 않는 수학 문제를 풀기 위해 끙끙대며 책상 앞에 앉아 있었겠지. 선빈은 자기도 모르게 웃음이 나왔다. 이제 그런 것들을 안 해도 된다.

휴대전화를 꺼내 메신저 버튼을 눌렀다. 가기 전에 서연 누나나 한번 보고 갈까? 서연은 아빠와 친한 친구인 석진 아저씨의 딸로, 어렸을 적부터 자주 만나 놀던 사이다. 형제가 없는 선빈은 두 살 위인 서연을 잘 따랐다. 서연은 선빈의 첫사랑이기도 하다. 작년에 친구 따라 피우게 된 담배를 끊은 것도 서연이 담배 피우는 남자가 싫다고 해서다.

서연 누나 프로필 사진은 남친과 같이 찍은 거다. 뭐가 그렇게 좋은지 눈동자도 안 보일 정도로 활짝 웃고 있다. 됐다. 어차피 화성에 가면 다 바이바이다.

선빈은 눈을 감았다. 여긴 방 안이 아니라 우주다. 무중력상태가 되어 선빈은 방 안을 둥둥 떠다녔다. 선빈의 마음은 이미 화성에 있다.

두 시간 조금 넘게 걸려 화성에 도착했다. 캠핑장이 경기도 화성에 있다. 선빈은 화성 체험을 미리 하는 거라는 농담을 했다. 아빠는 웃지 않았고 엄마는 그러네, 하고 가볍게 맞장구를 쳤다.

엊그제, 갑자기 아빠가 캠핑을 가자고 했다. 원래 선빈은 주말에 친구들과 만나 노래방에 가기로 했다. 친구들이 선빈의 송별 파티를 열어주겠다고 해서다. 하지만 마지막 가족 여행이 될 수 있기에 선빈은 친구들과의 약속을 미뤘다. 이대로 아빠와 사이가 틀어진 채 화성으로 떠나고 싶진 않다.

"그대로네."

차에서 내린 선빈이 주변을 둘러보며 말했다. 7년 전, 여기로 가족 여행을 왔다. 선빈이 초등학교 5학년 때였다. 집을 산 기념으로 아빠는 여행을 가자고 했고, 개장 기념으로 할인을 많이 해준 이곳으로 왔다. 아파트 대출금을 7년간 갚았고, 이제 23년이 남았다. 그때도 30년이 긴 줄 알았지만, 여전히 길다. 7년 사이 선빈은 초등학교를 졸업하고, 중학교를 졸업하고, 이제 고등학교 졸업도 앞두고 있다. 아마 엄마와 아빠는 기나긴 시간이 지나고도 계속 빚을 갚아야 할 거다.

자동차 트렁크에서 짐을 꺼냈다. 지난번에 왔을 때는 텐트를 가져왔지만, 이번에는 카라반에서 자기로 했다. 둘의 비용 차이도 얼마 나지 않거니와, 이제는 선빈이 커버려 세 가족이 한 텐트에서 자기에는 너무 비좁다.

엄마가 인포메이션 센터에 가서 열쇠를 받아 오기로 했다. 그사이 선빈과 아빠는 카라반이 있는 곳으로 가서 엄마를 기다렸다.

"너 정말 꼭 가야겠어?"

아빠는 또 같은 질문이다.

"그만 물어. 내 대답은 똑같아."

"그래서 가겠다고?"

"그렇다니까! 왜 자꾸 같은 걸 물어?"

선빈이 목소리를 높여 대답했고, 아빠도 어디서 큰 소리냐며 버럭 화를 냈다. 엄마가 멀리서 둘이 싸우는 걸 보고 달려왔다.

"당신은 좀 들어가서 쉬어. 어제도 늦게 잤잖아."

엄마가 아빠 등을 밀며 말했다. 아빠는 카라반 안으로 들어가 침대에 누웠다. 엄마는 선빈에게 산책을 하자고 했다.

"엄마, 배드민턴 칠래?"

예전에 왔을 때 배드민턴장이 있었다. 기억을 더듬어 걸어가보니 그대로 있다. 방 번호를 말한 후 배드민턴 채와 셔틀콕을 대여했다.

엄마가 먼저 서브를 넣었다. 셔틀콕이 포물선을 그리며 선빈 쪽으로 날아왔고, 선빈은 하늘 높이 팔을 쭉 뻗어 받아쳤다. 셔틀콕은 안정감 있게 엄마에게 날아갔고, 이내 다시 선빈 쪽으로 날아왔다.

"선빈아, 우리 5년 전에 왔었나?"

"아니, 7년 전이야."

"그래? 7년 동안 뭘 했나 모르겠네."

오랜만에 치는 배드민턴이지만, 엄마도 선빈도 셔틀콕을 잘 받았다. 가족 여행을 온 것도 7년 만이고, 둘이 배드민턴을 치는 것도 7년 만이다. 7년 동안 선빈네 가족은 함께 살았지만, 그사이 함께한 시간은 거의 없다. 선빈이 화성에 가게 되지 않았다면 이번 여행도 오지 않았을 거다.

"근데 여기 왜 이렇게 손님이 없지? 우리밖에 없는 것 같아."

"이달 말까지만 하고 문 닫는대. 캠핑장도 한때 붐이었지 뭐."

엄마는 열쇠를 받으러 갔다가 들었다며 알려주었다.

"엄마, 아빠가 계속 화내면 어떡해?"

"괜찮아지겠지 뭐."

"엄마도 내가 화성에 가는 게 싫어?"

"앞으로 너 못 보니까 좋지만은 않지. 아빠도 그래서 그런 거야."

"그럼 나 가지 말까?"

엄마는 선빈이 넘긴 셔틀콕을 받지 못했고, 바닥으로 곤두박질친 후 튀어 오르는 듯하던 셔틀콕은 곧 다시 떨어졌다.

"안 가긴 왜 안 가. 너 보고 싶으면 밤하늘의 별을 볼 거야. 별이 반짝이면 우리 아들 잘 있다는 신호로 받아들일게."

엄마가 미소를 지으며 말했고, 왠지 모르게 선빈의 마음이 찌르르했다. 어렸을 때, 엄마가 밤하늘의 별자리를 보며 하나하나 설명해주던 기억이 떠오른다. 전갈은 헤라가 오리온을 죽이려고 풀어놓았고, 쌍둥이는 사이 좋은 형제를 기리기 위해 제우스가 만들었다. 대학 시절, 천체 관측 동아리 활동을 했던 엄마는 별자리에 대해 잘 알았다. 엄마는 천문대에서 일하는 게 꿈이었지만, 학사 학위만으로는 입사가 어려웠다. 때마침 외할아버지가 편찮

으신 바람에 돈이 필요했던 엄마는 대학원 진학 대신 전공과 무관한 일을 하게 되었다.

"엄마, 이번엔 내가 서브할게."

선빈이 넘긴 셔틀콕을 엄마가 받아쳤다. 셔틀콕이 움직이는 모습은 마치 하얀 새가 움직이는 것처럼 보였다.

"선빈아, 아빠를 이해해줘. 아빠가 힘들어서 그래. 네가 미워서 신경질 내는 거 아니야."

"알아, 나도."

아빠는 아이들이 좋다며 퇴직금을 몽땅 투자해 키즈 카페를 차렸지만, 장사는 잘되지 않았다. 아이들이 태어나지 않는 시대에 키즈 카페라니, 잘될 리가 없다.

"엄마는 앞으로 어떡해? 콜 센터, 이번 달 말까지만 나가는 거지?"

선빈은 엄마가 걱정되었다. 콜 센터는 엄마의 첫 직장이자 유일한 직장이기도 하다. 엄마는 선빈을 출산한 한 달을 제외하고 거의 쉰 적이 없다. 여자라서 일 못한다는 말을 듣기 싫어 출산휴가도 한 달만 썼고, 연차도 다 쓰지 않았다. 드디어 주임에서 관리팀장으로 승진을 앞두고 있었다. 하지만 그런 엄마에게 돌아온 건 콜 센터 폐점이다.

"뭐 어떻게든 되겠지."

엄마가 씁쓸하게 웃으며 대답했다.

"엄마 그때 캐나다 갔어야 했는데."

선빈의 말에 엄마는 아무 대꾸도 하지 않았다. 3년 전, 엄마는 아빠에게 키즈 카페를 차리는 대신 캐나다로 이민을 가자고 했다. 엄마는 틈틈이 공부해 '중증 환자 간병인 자격증'을 따두었고, 고령자가 많은 캐나다에서 그 자격증이 있는 사람들을 1순위로 이민 신청을 받았다. 엄마는 캐나다 이민청의 허가도 받고, 가서 일할 병원도 구했다. 하지만 아빠가 가지 않겠다고 했다. 실패해서 이민 가는 사람처럼 보이고 싶지 않다는 이유에서였다.

한 시간 넘게 배드민턴을 쳤더니 별로 움직이지 않은 것 같은데도 땀이 많이 났다. 선빈은 목욕을 하고 나왔다.

아빠는 아직 자는 중이다. 엄마와 선빈, 둘이서 저녁을 준비하기로 했다. 냉장고에 넣어두었던 고기와 쌈을 꺼내 캠핑장으로 가지고 나왔다.

한창 고기를 굽고 있는데, 아빠가 문을 열고 나왔다. 아빠는 함께 준비하지 못한 게 미안했는지, 왜 깨우지 않았느냐고 괜히 엄마와 선빈을 타박했다.

"아, 나오니까 좋긴 하네. 이런 캠핑장이나 한번 차려볼까?"

선빈은 아빠에게 이 캠핑장도 손님이 없어 이달 말까지만 운영할 거란 말을 굳이 하지 않았다. 괜히 아빠와 다투고 싶지 않다.

"선빈아, 소시지 먹을래? 너 소시지 좋아하잖아."

엄마가 팩에 담긴 소시지를 꺼내 그릴 위에 올려놓았다. 훈제된 소시지가 숯불에 구워지니 향이 더 배가되었다. 선빈은 코를 큼큼대며 연기 냄새를 맡았다. 선빈이 태어나서 가장 맛있게 먹은 음식은 7년 전 이곳에서 먹었던 소시지다. 여행을 다녀온 이후 그 어떤 소시지를 먹어도 숯불에 직접 구워 먹은 그 맛을 따라갈 수 없었다. 선빈은 소시지가 다 구워질 때까지 기다렸다. 그릴 모양으로 구워지는 소시지를 보고 있으니 침이 꿀꺽 넘어갔다.

"여보, 내가 자를게."

아빠가 엄마에게서 집게와 가위를 건네받았다. 어슷썰기 한 소시지가 그릴 위로 떨어졌다.

"먹어도 되지?"

"그럼."

선빈은 나무젓가락으로 소시지를 하나 들어 입에 넣었다. 뜨거웠지만 꾹 참고 씹었다. 소시지의 육즙이 입안을 가득 채웠다. 선빈의 젓가락은 바쁘게 움직였다. 소시지를 입에 넣고, 넣고 또 넣었다. 선빈은 바쁘게 음식을 삼키다가 슬쩍 아빠와 눈이 마주쳤다. 아빠가 흐뭇하게 선빈을 바라보고 있다.

"얼마나 좋냐. 우리 세 가족, 완벽하잖아. 선빈아, 이게 행복이야. 화성에 가면 앞으로 이런 거 못 해."

아빠는 휴대전화를 꺼내 셀프 모드로 가족사진을 찍었다. 선빈은 소시지를 입에 문 채 화면을 보며 웃었다.

가족 여행을 다녀온 지 일주일이 지났다. 나사에서 또 메일이 왔다. 미국행 비행기 티켓을 발권할 예정이라며, 부디 내일까지 잊지 말고 여권을 보내달라고 했다. 미국 입국 날짜가 이달 30일로

정해졌다. 선빈은 여권을 보내는 걸 계속 미루고 있다.

요 며칠 선빈은 화성에 가는 게 과연 좋기만 한지 고민했다. 화성에 간다고 정말 아무 걱정 없이 살 수 있을까? 또 다른 걱정이 생기지 않을까? 서연 누나는 절대 충동적으로 결정해서는 안 된다고 했다.

어제저녁 서연 누나를 만났다.

"공부하느라 바빴나 봐. 고3 되더니 연락 한번 없고."

"뭐, 그냥."

올해 서연에게 남친이 생기면서, 왠지 선빈은 연락하는 게 꺼려졌다. 그런데 며칠 전 서연이 연락을 해와 저녁을 사주겠다며 만나자고 했다.

"네가 고3이 아니었어도 기꺼이 갈 것 같아?"

서연의 물음에 선빈은 제대로 대답하지 못했다. 서연은 자기도 대입 시험을 앞두고 어디론가 도망치고 싶은 생각을 자주 했다고 말했다. 선빈은 헷갈렸다. 선빈이 도망치고 싶은 대상이 이 나라일까, 이 세상일까, 아니면 대입일까. 이번에 선택을 하면 번복이 불가능하다. 그곳은 한 번 가면 돌아올 수 없는 곳이다. 남아서 후회하는 것과 가서 후회하는 것. 선빈은 어떤 선택을 내려야 할지 생각하고 또 생각했다.

"참 누나, 남친이랑은 잘 만나고 있어?"

서연의 프로필 사진이 팥빙수로 바뀌었기에 슬쩍 물었다.

"헤어졌어. 앞으로 나이 많은 남자랑은 안 만나려고."

서연은 다섯 살 많은 과 선배와 사귀었다.

"진짜? 이제 완전히 안 만나?"

"당연하지. 너처럼 귀엽고 착한 남자 만나고 싶어. 아쉽다. 너 왜 화성에 가는 거야? 가지 말고 나랑 연애나 하자."

"누난 농담도 참."

"어? 농담 아닌데."

"장난 그만해. 나 안 속아."

선빈은 말은 그렇게 했지만 마음이 설렜다. 여느 때와 마찬가지로 서연과 함께 있는 동안, 계속 시간을 확인했다. 서연과 함께 있으면 시간이 너무 빨리 흐른다. 시간이 이대로 멈추면 얼마나 좋을까 하는 생각을 자주 한다.

아무래도……

선빈은 최종 결정을 내렸다. 방문을 열고 나가자, 거실 소파에 엄마와 아빠가 앉아 있다.

"나 화성 안 갈래."

아빠는 소파에서 벌떡 일어나더니 선빈에게 다가와 어깨를 감싸 안았다.

"그래, 잘 생각했어. 아주 잘 생각한 거야. 참, 너 태블릿 바꾸고 싶다고 했지? 당장 사러 가자."

"다음에. 나 공부할래. 시험 얼마 안 남았다고."

"역시 내 아들! 아빠는 네가 실망시키지 않을 줄 알았다고."

아빠는 호탕하게 웃었다.

방으로 돌아온 선빈은 휴대전화를 꺼내 캠핑장에서 찍은 가족 사진을 봤다. 소시지를 다 삼키고 찍을 걸 그랬나? 뭐 다음에 제대로 잘 찍으면 된다. 선빈은 나사에서 온 메일에 가지 않겠다고 답장을 보냈다. 그러곤 한 피디에게도 전화를 걸어 사정을 알렸다. 한 피디는 그럼 어쩔 수 없다며, 알겠다고 대답했다.

겨우 몇 주 공부를 안 했을 뿐인데, 그사이 다 잊어버렸다. 화성 때문에 한 달가량의 시간을 허비했다.

한창 문제를 푸는 중에 노크 소리가 들렸다. 엄마가 문을 열고 들어왔다.

"엄마, 왜?"

"선빈아, 진짜 안 갈 거야? 후회 안 할 자신 있어?"

"응."

"정말?"

"그렇다니까. 걱정 마, 엄마. 이미 못 간다고 메일도 보냈어. 나 이제 MARS-X 아니야. 벌써 두번째 후보자한테 연락 갔을걸?"

엄마는 아무 말 하지 않고 지그시 선빈을 바라보았다. 선빈은 눈에 힘을 준 채 절대 후회하지 않을 거라고 다시 한번 말했다. 화성에 가면, 이곳에서 할 수 있는 일을 하지 못한다. 만나고 싶어도 도저히 만날 수 없는 사람도 생기게 되고.

"여기에서의 다른 기회를 놓치고 싶지 않아. 서연 누나가 그러더라. 아빠가 내 걱정 많이 했다고. 그동안 엄마도 나 때문에 속 많이 썩었지?"

엄마가 의자 뒤로 와서 살포시 선빈을 안았다.

"고마워, 선빈아."

엄마는 울먹이며 말했다. 엄마가 이렇게 좋아할 줄 몰랐다. 선빈은 자신을 안고 있는 엄마의 손을 잡았다. 역시 우리 세 가족은 함께 있어야 완벽하다. 화성에 가지 않겠다고 한 건 참 잘한 일이다.

이른 아침이다. 선빈이 아직 잠을 자고 있는데, 거실에서 아빠가 다급하게 선빈을 부르는 소리가 들렸다. 텔레비전을 켜놨는지 시끄러웠다.

"선빈아! 이선빈!"

선빈은 느릿느릿 일어나 무슨 일이냐고 물으며 거실로 나갔다.

"저, 저거 봐."

아빠가 몸을 부르르 떨며 텔레비전을 손가락으로 가리켰다. 무슨 큰 사고라도 난 걸까. 선빈은 눈을 비비며 텔레비전을 보았다.

"네. 지금 여기는 인천공항 출국장입니다. 대한민국의 화성인으로 선발된 유민정 씨가 출국을 준비 중입니다. 유민정 씨는 후보자였는데, 첫번째 선발자가 포기하면서 화성인으로 최종 선발됐습니다. 유민정 씨를 만나보겠습니다. 안녕하세요, 유민정 씨. 지금 심정이 어떠세요?"

"네. 많이 흥분되고 설렙니다."

화면에 나오고 있는 건 엄마다. 엄마 목에는 올림픽 금메달리스트들처럼 화려한 꽃목걸이가 걸려 있다. 왜 저기, 엄마가 있는 거지?

놀란 선빈은 고개를 돌려 아빠를 바라보았다. 아빠와 선빈의 표정은 거울을 보고 있는 것마냥 똑같다.

"대한민국이 모두 유민정 씨를 응원하고 있습니다. 유민정 씨, 미국에서 훈련 잘 받으시고 무사히 화성으로 떠나시길 바랍니다."

기자가 엄마 얼굴 앞으로 마이크를 갖다 댔다.

"화성에 가는 건 제가 어렸을 적부터 꿈꾸고 또 꿈꾸었던 일입니다. 평범한 제가 우주에 가다니, 말이 안 되는 일이라고 생각해 감히 누구에게도 말하지 못했습니다. 하지만 제가 그 꿈을 이루었습니다."

엄마는 두 팔을 번쩍 들며 외쳤다.

"저는 화성에 갑니다!"

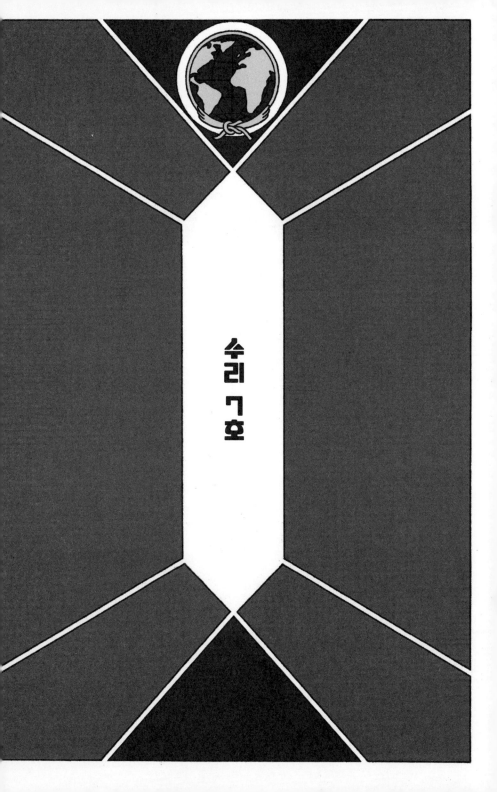

수리 ⅂호

연주는 수리 7호가 별로 마음에 들지 않았다. 물론 처음엔 다른 아이들처럼 신기하게 여기긴 했다. 어쩜 이리 똑같을 수 있을까. 겉모습뿐만 아니라 움직임도 전혀 어색하지 않다. 피부를 만져본 몇몇 아이들은 소리쳤다.

"우와. 완전 진짜 같아."

초등학교 4학년 때 연주는 가족들과 함께 홍콩 여행을 간 적이 있다. 그때 유명인과 똑같이 만든 밀랍 인형을 전시한 마담 투소 박물관에 갔는데, 거기서 봤던 인형보다 수리 7호는 더 잘 만들어졌다.

수리는 교실 도우미 로봇으로, 올해 처음 전국 중학교 스무 군데에 시범적으로 보급되었다. 교실 내 사건 사고가 끊이지 않고, 선생님이 하루 종일 교실 안에서 아이들을 감시할 수는 없다. 수리는 학생들과 똑같은 모습으로, 학생들과 함께 수업을 받으며 교실 안의 모든 것을 녹화해서 저장한다. 수리의 정식 명칭은 '교실 지킴이 AI'다. 수리의 보급으로 교실 내 문제가 줄어들 거란 기대감이 높았다.

수리가 처음 공개됐을 때 로봇의 혁명이라며 난리가 났다. 교실 도우미 로봇이 보급될 거란 이야기에, 사람들은 기껏 인공지능이 장착된 컴퓨터나 금속으로 된 투박한 로봇을 상상했다. 하지만 수리는 사람과 겉모습이 똑같다. 수리는 갓 중학교에 입학한 중1 여학생의 모습을 모델로 제작되었다. 말투도 컴퓨터 목소리 같지 않다. 다만 사람과 다른 점은 수리가 스무 개나 존재한다는 사실이다. 같은 모양의 수리는 1호부터 20호까지 모두 스무 개가 만들어졌고, 연주네 반에 온 수리는 7호다.

새 학기가 시작된 지 한 달이 넘도록 연주네 반은 수리 7호로 인해 떠들썩했다. 옆 반 아이들도 쉬는 시간이면 수리 7호를 보러 연주네 반으로 몰려들었다. 방송국에서도 수차례 취재를 하러 왔다. 심지어 연주네 친척 어른들과 엄마, 아빠의 직장 동료들도 연주에게 이것저것을 듣고 싶어 했다.

정말 진짜 같아?

종일 뭐 하고 있어?

아이들이랑 어울리기도 해?

학생처럼 똑같이 수업을 들어?

그럴 때마다 연주는 "몰라"로 대응했다. 연주는 정말로 수리 7호에게 관심이 없었으니까. 그래 봐야 로봇일 뿐이다. 수업을 듣던 중 고개를 돌리다가 가끔 수리 7호와 눈이 마주칠 때가 있다. 그럴 때 수리 7호는 연주를 보고 싱긋 미소를 지었지만, 연주는 고개를 홱 돌렸다.

연주는 인터넷으로 수리를 검색했다. 다른 학교에 보급된 수리를 찾아보니, 수리 7호와 똑같이 생겼다. 하긴, 마트에 파는 로봇들도 다 똑같다. 다르게 생긴 게 더 이상하다. 그래도 연주는 조금 궁금하긴 했다. 다른 수리들도 수리 7호처럼 행동할까. 아이들의 질문에 당황하지 않으면서 차근차근 대답해주고, 수업 시간에는 꼿꼿이 허리를 펴고 앉아 잠시도 졸거나 딴짓을 하지 않고, 사람과 눈이 마주치면 싱긋 웃을까.

"이건 공평하지 않은 것 같은데."

국어 수행평가 조 편성을 살펴보던 수리 7호가 말했다. 국어 선생님은 아이들에게 알아서 조 편성을 하라고 했다. 반장인 재희가 나서서 조를 편성했는데, 스물두 명의 반 아이를 여섯 명씩 세 개 조, 네 명씩 한 조로 짰다. 연주는 네 명으로 구성된 4조다. 아무래도 수행평가는 인원이 적을수록 한 사람이 해야 할 일이 많아져서 불리하다. 지난번에도 재희는 연주를 조원이 가장 적은 조에 배정했다.

"왜 4조만 네 명이야? 1, 2조 여섯 명, 3, 4조 다섯 명으로 하는 게 나을 것 같아."

수리 7호는 재희가 만든 명단을 고쳤다. 반 아이들은 군말 없이 수리 7호가 수정한 명단대로 하겠다고 했다. 수리 7호의 말에 이의를 제기하는 아이들은 없다. 수리 7호는 데이터를 바탕으로 결론을 내고, 아무 감정 없이 공명정대하게 일을 처리하는 로봇이니까. 다만 연주는 반장 재희의 얼굴이 살짝 일그러지는 걸 보았다.

쉬는 시간, 재희 주변에 여자아이들이 몰려들었다. 지원과 세미는 수리 7호가 반장도 아니면서 자꾸 나선다고 욕했다. 그러면서 자기들에게 반장은 재희밖에 없다고 떠들었다. 재희는 괜찮다며, 수리 7호 덕에 자기도 편하다고 마음에 없는 소리를 지껄였다. 앞자리에서 듣고 있던 연주는 콧방귀를 뀌었다. 저 뻔뻔한 가식쟁이 같으니라고.

중학교에 올라와 반 편성을 본 연주는 경악했다. 어떻게 한재희와 같은 반이 될 수 있지? 곧바로 엄마에게 연락을 했다. 도저히 한재희와 같은 반에서 지낼 수는 없다. 엄마도 연주처럼 화를 냈다. 학교에 이리저리 알아본 결과, 반을 바꾸는 건 불가능했다.

"담임한테 단단히 일러뒀어. 재희가 예전처럼 널 괴롭히진 못할 거야. 혹시 재희가 이상한 짓 하면 엄마한테 꼭 말해. 알았지?"

엄마의 당부에도 불구하고 연주는 불안감을 감출 수 없었다. 하루 종일 한 교실에서 같이 지낸 초등학교 5학년 때 담임도 재희가 연주를 괴롭히는 걸 눈치채지 못했다. 하물며 교과 수업 때만 들어오는 중학교 담임은 그걸 알아채기 더 어려울 거다.

5학년 때 재희는 교묘하게 연주를 괴롭혔다. 체육 시간에 일부러 연주에게만 피구 공을 맞혔고, 배식 도우미를 할 때 새우튀김이 모자르다며 다른 아이들은 두 개씩 주면서 연주에게는 하나만 줬다. 그때도 재희는 반장이었고 연주는 재희에게 물어볼 일이 많았다. 숙제와 준비물이 생각나지 않으면 재희에게 연락했다. 그때마다 재희는 왜 매번 너만 못 알아듣느냐며 틱틱거리며 알려줬다. 정말 치사하고 더러웠다. 그럼 반장한테 물어보지 누구한테 물어보겠는가? 귀찮으면 반장을 하지 말았어야지. 그건 다 핑계고, 사실 너는 내가 싫은 거지? 연주는 이 말을 재희에게 직접 하지 않았다. 대신 담임에게 말했다.

담임은 물끄러미 연주를 바라보며, 연주가 너무 예민하다고 했다. 재희한테 물어봤는데, 너한테 아무 감정 없대. 다른 아이들 대하듯 똑같이 했을 뿐이래. 연주는 기가 찼다. 담임이란 사람이 어떻게 가해자의 말만 일방적으로 들을 수 있지? 연주는 분하고 또 분했다. 엄마에게 도저히 더는 학교에 다닐 수 없다고 울면서 말했다. 엄마는 학교폭력위원회를 열어달라고 요청했고, 체육 시간에 있었던 피구 사건에 대해서만 사과를 받을 수 있었다. 어깨 타박상을 당한 진료 기록이 있었기 때문이다. 그 이후 재희는 더 이상 연주를 괴롭히지 않았다. 집에 오면, 엄마는 연주에게 매일 물었다.

오늘은 어땠어?

재희가 괴롭히지 않았니?

재희가 이상한 짓 하지 않았지?

6학년 때 재희와는 당연히 다른 반으로 배정받았다. 5학년 종업식 날, 담임은 이상한 말을 했다. 이제 너희들도 6학년이 되는구나. 작년보다 더 자란 아이들이 되었으면 좋겠어. 이거 하나는 알아뒀으면 해. 세상에 일방적인 건 아무것도 없단다. 연주는 담임의 말이 왠지 모르게 찝찝했다. 혹시 자신에게 하는 말이 아니었을까? 연주는 엄마에게 말을 할까 하다가 그만두었다. 5학년 때 담임을 다시 볼 일은 없으니까. 엄마는 자주 그 말을 했다. 똥이 무서워서 피하니? 더러워서 피하는 거야. 연주는 '똥'이란 단어 때문에 되도록 다른 사람들이 있을 때는 엄마가 그 말을 하지 않기를 바랐지만, 속으로는 그 말을 자주 되뇌었다. 똥은 무서워서가 아니라 더러워서 피하는 거야, 하고.

4교시가 끝나고 점심시간이 되었다. 연주는 터덜터덜 걸어 식당으로 갔다. 천천히 걸어와서 그런지 연주가 거의 마지막으로 줄을 섰다. 나란히 포개져 있는 식판을 하나 들어 왼손으로 잡고, 숟가락과 젓가락을 오른손에 들었다. 연주는 밥과 반찬을 배식 받은 후 돌아섰다. 빈자리가 어디에 있을까. 배식 시간이 앞선 3학년 선배들이 우르르 일어섰다. 연주는 그쪽 빈자리로 걸어갔다.

중학교에 와서 좋지 않은 것 중 하나가 식당이 자유석이라는 점이다. 초등학생 때는 같은 반끼리 먹도록 식당에 자리가 정해져 있었다. 그러면 어찌 됐든 혼자 앉아서 밥을 먹는 일은 없었다.

혼자 덩그러니 앉아 밥을 먹는 건 참 별로다. 친구가 없는 아이들은 식당에 오지 않기도 하지만, 연주는 그러고 싶지 않다. 이건 모두 한재희 때문이니까. 중학교에 입학한 지 한 달이 지나도록 연주는 아직 친구를 사귀지 못했다. 한재희가 연주에 대해 좋지 않은 소문을 낸 게 분명하다. 연주가 친해지려고 접근할 때마다 아이들이 연주를 밀어냈다. 연주가 뭘 물으면 아이들은 단답형으로 대답을 했고, 다들 서너 명씩 그룹을 만들었다. 아이들이 만든 단단한 성에는 들어가는 입구가 보이지 않는다. 연주가 끼어들 틈은 어디에도 없다. 뭐 상관없다. 어차피 연주도 마음에 드는 아이가 하나도 없다. 재밌지도 않은 농담에 웃어줄 필요도 없고, 먹기 싫은 간식을 억지로 사 먹지 않아도 되고, 피곤함을 꾹 참고 쇼핑몰 같은 곳에 따라갈 필요도 없을뿐더러 마음에 들지 않는 연예인을 친구가 좋아한다고 같이 좋아하지 않아도 되니 오히려 훨씬 편하다.

"나, 여기 앉아도 돼?"

연주는 고개를 들어 소리가 나는 쪽을 쳐다보았다. 식탁 앞에는 수리 7호가 서 있다.

"마음대로 해."

수리 7호가 연주 맞은편에 앉았다. 수리 7호는 로봇이기에 밥을 먹지 않는다. 하지만 아이들과 함께 식당에는 온다. 반 아이들이 밥을 먹는 것을 관찰하기 위해서다. 연주는 수리 7호를 신경 쓰지 않고 밥을 떠먹었다. 수리 7호는 가만히 앉아 연주가 밥 먹는 모습을 지켜봤다.

"저기."

연주는 말을 할까 말까 잠시 고민했다. 아무래도 찝찝한 채로 있는 것보다 말하는 게 낫겠지.

"혹시나 해서 말하는데, 나 왕따 아니야. 그러니까 나한테 신경 쓰지 않아도 돼."

연주는 수리 7호가 괜한 오해를 하는 게 싫었다.

"알아, 너 왕따 아닌 거. 여기 빈자리가 있어서 앉은 것뿐이야. 계속 서 있으면, 지나다니는 아이들이 불편해하거든."

연주는 마음이 놓였다. 수리 7호는 거짓말을 하지 않을 거다.

체육 선생님은 공을 하나 주면서 발야구를 하라고 했다. 짝수, 홀수 번호로 팀을 나누었다. 연주는 17번으로 홀수 팀이다. 수리 7호는 체육 경기는 같이하지 않는다. 혹시 체육을 하다가 망가지면 곤란하기에 선생님 옆에서 아이들을 지켜본다.

1번과 2번이 가위바위보를 했고, 2번이 이겼다. 짝수가 먼저 공격을 맡았다. 짝수 팀은 점수를 내지 못하고 스리아웃을 당했다.

짝수 팀의 공격이 끝난 후 홀수 팀의 공격 순서가 됐다. 연주는 네번째 선수다. 앞선 세 명 중 두 명이 3루, 1루까지 진출했다. 연주가 공을 잘 차면 3루에 있는 아이가 1점을 낼 수 있다. 연주는 뒤로 다섯 발자국 물러선 후 도움닫기를 하면서 앞으로 달렸다. 오른발로 공을 뻥 찼고, 공이 하늘 위로 날아갔다. 수비하던 아이가 공을 잡지 못했다. 홀수 팀 아이들이 빨리 달려라 소리쳤고 연주는 1루를 향해 뛰었다. 조금만 더 달리면 된다. 저기, 바로 고지가 보인다. 재빠르게 달리는데 오른발이 왼발에 걸리면서 그대로 고꾸라졌다. 그 바람에 연주의 몸이 앞으로 밀려나면서 오른쪽 볼이 땅바닥에 쓸렸다.

"와!"

아이들의 함성이 들렸다. 바닥에 누운 채로 연주는 으으, 신음을 내뱉으며 눈을 떴다. 3루에 있던 인아가 홈으로 들어왔다. 홀수 팀 아이들은 인아에게 몰려가 폴짝폴짝 뛰며 박수를 쳤다. 연주가 일어나지 못하고 누워 있는데도 이쪽으로는 아무도 오지 않았다.

"야, 너 뭐 해?"

체육 선생님이 소리치는 게 들렸지만 일어날 수가 없다. 오른팔이 움직여지지 않는다.

"괜찮아?"

수리 7호가 달려와 연주를 부축했다. 연주는 수리 7호 어깨에 팔을 올린 채 끌려가듯 걸었다. 수리 7호는 체육 선생님에게 연주를 보건실에 데려가겠다고 말했고, 선생님이 그러라고 했다. 보건실을 향해 걷고 있는데, 뒤에서 아이들의 달려, 달려, 막아, 막아 하는 소리가 들렸다. 아무도 연주가 넘어진 걸 신경 쓰지 않았다.

오른쪽 볼에서 피가 났다. 보건 선생님은 약을 잘 바르면 흉터가 남지 않을 거라며 걱정하지 말라고 했다. 소독약이 닿을 때마다 따끔거렸다. 연주는 이를 악물며 참았다.

"오른팔도 아프다고 했어요."

수리 7호가 대신 선생님에게 말해주었다. 걸어오면서 연주가 중얼거리던 걸 수리 7호가 들은 듯했다.

"체육복 좀 벗어볼래?"

연주는 수리 7호를 보며 잠깐 망설였다. 뭐 로봇이니까 벗은 상체를 좀 보여줘도 괜찮을 거다. 연주는 천천히 체육복을 벗었다. 선생님이 어깨와 오른팔을 손가락으로 살살 누르며 아프냐고 물었다.

"뼈나 근육이 다친 것 같지는 않아. 우선 파스를 붙여줄게. 만약 저녁에도 아프면 병원에 가봐."

연주는 그러겠다고 고개를 끄덕였다.

보건실에서 처치가 끝난 후 연주와 수리 7호는 교실로 갔다. 다시 운동장으로 돌아갈까 했지만, 다친 몸으로 가봐야 할 게 없다.

"많이 아파? 아까 인상 많이 쓰던데."

수리 7호는 연주의 볼을 손가락으로 가리키며 물었다.

"상처 난 데 약 바르면 당연히 아프지."

"그렇구나."

수리 7호는 말은 그렇게 하면서 이해하지 못한 표정을 지었다.

"그럼 너는 아프지 않아?"

"응. 하지만 아픈 게 어떤 건지는 알아."

이번에는 연주가 이해가 가지 않았다. 느끼지 못하면서 어떻게 알 수 있을까. 연주는 반 아이들이 자신을 무시하는 건 당해보지 않아서라고 생각했다. 걔들은 무시당하는 게 어떤 건지는 알지만, 무시당해본 적이 없어 느끼지 못하는 게 분명하다. 느낀다면 절대 그렇게 행동 못 한다.

연주는 손바닥으로 수리 7호의 팔을 제법 세게 찰싹 때렸다. 그러곤 곧바로 "미안"이라고 말했다. 하지만 수리 7호의 표정은 조금도 변화가 없다. 아무것도 느끼지 못하는 얼굴이다.

"진짜 아무 느낌이 안 나?"

"응."

연주는 제 행동이 우스워 웃음이 나왔다. 당연한 건데 왜 그걸 확인해보고 싶었을까. 그런데 수리 7호가 연주를 따라 웃기 시작했다.

"너는 왜 웃어?"

"네가 웃으니까."

수리 7호는 상대방이 웃으면 같이 웃어야 한다고 했다. 연주가 일부러 하하, 소리를 내며 웃었다. 그러자 수리 7호도 똑같이 따라 했다. 이번엔 콧구멍을 크게 만들면서 혀를 내밀고 얼굴을 찌그러뜨리는 웃긴 표정을 지었다. 수리 7호는 입꼬리에 살짝 미소를 지은 상태, 더 정확히 말하면 무표정 상태가 되었다.

"이건 왜 안 따라 해?"

"모든 걸 다 따라 하는 건 아니야."

"아아, 나름 매뉴얼이 있구나."

"그렇지."

연주는 다시 하하, 소리를 내며 웃었다. 그러자 수리 7호도 똑같이 웃었다.

오늘은 4교시 단축 수업을 한다. 갑자기 학교 건물 안전 진단 검사가 나온다고 해서다. 세 시간이나 일찍 끝난다니, 아이들은 신이 났다. 하지만 수리 7호는 곤란한 표정을 지었다.

"왜 그래?"

"연구소에서 3시 30분에 학교 앞으로 데리러 오거든. 연락해서 말해야겠어."

수리 7호는 메신저를 꺼냈고, 연주가 그걸 낚아챘다.

"그냥 원래대로 3시 30분에 가면 되지."

"그럼 교실에서 기다리라고? 뭐 그래도 되긴 해."

연주는 양 입꼬리를 올려 웃으며 아니라고 고개를 저었다.

"나랑 같이 나갔다 오자. 내가 시간 맞춰서 데려다줄게."

연주는 시간을 지키겠다는 약속을 단단히 했다.

"저기…… 생과 말, 너무 신경 쓰지 마."

버스를 타고 가면서 연주는 수리 7호에게 말했다.

"난 괜찮아."

연주는 고개를 돌려 수리 7호를 바라봤다. 표정에 아무 변화가 없다. 정말로 괜찮은 걸까? 그런 말을 듣고도? 오늘 생활과학 시간에 로봇에 관해 배웠다. 생과 선생님은 수리 제작에 얼마나 많은 기술과 돈이 든 줄 아느냐고, 수리와 같은 반에서 지내는 걸

영광으로 알라고 했다. 수리는 이제까지 제작된 AI 로봇 중 가장 비싸다고 했다. 천박한 선생 같으니. 친구를 돈으로 계산하다니. 연주는 앞으로 생과를 만나도 절대 인사하지 않겠다고 다짐했다.

쇼핑몰에 도착하자마자 화장품 가게로 갔다. 연주는 이 틴트, 저 틴트 다 입술에 발라보았다. 혼자 화장품 가게에 오는 건 이상해서 와본 적이 없다. 하지만 수리 7호와 함께라서 기꺼이 올 수 있었다.

"수리야, 너도 발라볼래?"

"아니."

"왜? 너 복숭아색 바르면 아주 예쁠 거 같아."

연주가 틴트를 들고 수리 7호에게 바짝 다가섰다.

"안 돼!"

수리 7호가 양 손바닥을 펼쳐 다가오지 말라는 신호를 보낸 후 한 걸음 뒤로 물러섰다. 놀란 연주는 그대로 멈췄다.

"나는 세수를 안 해. 그래서 얼굴에 바르면 안 돼."

수리 7호는 연주가 서운해하지 않도록 설명했다.

"우아, 그럼 너 목욕도 안 해?"

수리 7호가 고개를 끄덕였다. 놀라운 사실이다.

"방수 처리가 되어 있긴 한데, 물이 몸에 들어가면 망가질 수도 있어. 대신 관리사가 한 달에 한 번씩 몸을 특수 약품으로 깨끗이 닦아줘."

"아, 그렇구나."

수리 7호는 몸에서 땀이나 노폐물이 나오지 않을 테니 목욕할 필요가 없을 거다.

"연주야. 너는 체리색이 가장 잘 어울려."

연주는 수리 7호가 골라준 틴트를 산 후 화장품 가게에서 나왔다. 그러고는 수리 7호의 팔짱을 낀 채 쇼핑몰을 여기저기 돌아다녔다.

많이 돌아다녔는지 배가 고프다. 마침 핫도그 가게가 보여 연주는 수리 7호를 그곳으로 데려갔다.

"나 핫도그 하나만 먹을게."

"응. 그렇게 해."

연주는 핫도그를 한입 베어 물었다. 겉은 바삭했지만, 그 속은 촉촉했다.

"먹는 거 보면 먹고 싶지 않아?"

"응."

"신기하다. 넌 다이어트 할 필요도 없겠구나."

연주는 혼자만 무얼 먹는 게 좀 미안했다. 학교에서 급식을 먹을 때도 수리 7호는 연주를 지켜보기만 한다. 수리 7호와 같이할 수 있는 게 뭐가 있을까. 핫도그 가게 맞은편에 '헤나' 가게가 보였다. 지난번에 재희 무리가 저걸 하고 와서 잔뜩 자랑을 했던 게 기억난다. 같은 문양을 같은 신체 부위에 하는 우정 헤나가 요즘 유행이다.

"수리야, 우리 저기 가자."

연주는 수리 7호의 팔을 잡아당겼다.

"저희 지금 할 수 있죠?"

가게 주인은 바로 가능하다고 했다. 수리 7호는 왜 연주가 저희라고 했는지 좀 의아했다.

"우리 이거 하자. 이거 오래 안 가."

"나도 같이하자고?"

"응. 손목 안쪽에 작게 하면 돼. 나, 너랑 같이 이거 너무 하고 싶어. 네가 헤나를 하면, 너는 다른 수리들과 달라지는 거야. 같이 하자. 응?"

연주는 수리 7호에게 계속 졸랐다. 연주가 너무나 간절하게 부탁하자, 수리 7호는 얼른 헤나가 무엇인지 검색했다. 문신처럼 보이지만, 몸에 하는 염색 같은 거라 지속 기간은 2~3주 정도다. 관리사가 엊그제 왔으니까 4주 뒤에야 다시 온다. 그때까지 다 지워질 거다.

"학생들, 할 거예요, 말 거예요?"

주인이 입구에서 속닥거리는 연주와 수리 7호에게 물었다.

"수리야, 제발. 나, 너랑 꼭 같이하고 싶어. 다른 애들은 다 했다고."

수리 7호는 알았다며 고개를 끄덕였다. 연주는 신이 나서 책자를 보며 모양을 골랐다.

"이 별 모양 어때? 우리 우정 앞으로도 반짝반짝 빛나라는 뜻으로 말이야."

수리 7호는 연주가 하고 싶은 걸 하라고 했고, 연주는 별을 골랐다. 다른 사람 눈에 잘 띄지 않도록 오른 손목 안쪽에 그리기로 했다.

연주와 수리 7호는 각각 의자에 앉아 시술을 받았다. 손목에 그림을 그릴 때 연주는 몹시 간지럼을 탔지만, 아무 느낌 없는 수리 7호는 미동도 하지 않았다.

"학생은 간지럼을 전혀 안 타나 봐. 신기하네."

수리 7호에게 그림을 그리던 디자이너의 말에 연주는 킥킥대며 웃었다. 사람들은 수리 7호가 로봇인 걸 알아차리지 못했다.

엄마는 집에 돌아온 연주를 보자마자 오늘은 아무 일 없었냐고 물었다.

"없어. 나 괜찮다니까."

며칠 전 체육 시간에 연주가 다친 일을 두고 엄마는 걱정했다. 연주가 혼자 뛰다가 넘어졌다고 했지만, 혹시 한재희가 또 그런 거 아니냐며 사실대로 말하라고 했다.

"엄마한텐 솔직하게 말해야 해."

"진짜 아무 일 없다니까."

연주가 방으로 들어가자, 엄마가 뒤따라 들어왔다. 연주는 헤나를 한 걸 들킬까 봐 조마조마했다. 하지만 엄마는 연주 팔에는 눈길도 주지 않은 채 계속 한재희에 관해서만 물었다.

"왜? 엄마한테 말하면 가만히 안 둔대?"

"엄마!"

연주는 소리를 버럭 질렀다. 그랬더니 엄마는 역시 그럴 줄 알았다며 얼른 말하라고 했다. 연주는 길게 숨을 내쉰 후 화를 가라앉혔다.

"엄마, 진짜 아무 일도 없어. 나 요즘 학교 다니는 거 재밌어."

엄마가 의심쩍다는 눈빛으로 연주를 바라보았다.

"엄마, 수리 7호 완전 대단해. 걔 진짜 모든 걸 다 기록하나 봐. 오늘 수학 샘이 갑자기 간이 테스트를 하겠다는 거야. 지난주에 말했다나 뭐라나. 아이들이 그런 적 없다고 했지만, 수학 샘이 분명 말했대. 아이들이 망했다고 짜증을 내는데, 수리 7호가 지난주 수학 시간을 복기하면서 수학 샘이 그런 말 한 적 없다고 했어. 그랬더니 수학 샘이 당황해서 얼굴이 벌게지는 거야. 얼마나 웃기던지."

수업 시간에 있었던 일을 생각하자 연주는 웃음이 나왔다.

"뭐 로봇이니까 그렇겠지."

"난 볼 때마다 신기해. 어쩜 그럴 수 있지? 근데 걔가 또 로봇 같지 않거든. 얼마나 사람이랑 모습이 똑같은지 몰라. 피부도 말랑말랑해."

헤나 디자이너는 끝내 수리 7호가 로봇인지 몰랐다. 그만큼 수리 7호는 사람과 똑같다. 아까 시술 시간이 예상보다 길어지는 바람에 간신히 3시 30분에 학교에 도착했다. 자칫하면 늦을 뻔했다.

"엄마, 수리 7호 진짜 사람 같아."

"그래."

엄마는 연주 이야기에 별 관심을 보이지 않았다. 다른 아이들과 똑같다. 처음 수리 7호가 학교에 왔을 때만 하더라도 아이들은 난리도 아니었다. 쉬는 시간이면 수리 7호 주변으로 아이들이 몰렸다. 하지만 이제 수리 7호에게 관심을 보이는 아이들은 아무도 없다. 수리 7호를 움직이는 교실 컴퓨터 정도로만 여길 뿐이다. 평소에는 말 한마디 안 걸면서, 자신이 필요할 때만 뭘 물어본다. 오늘도 그렇다. 수학 시간이 끝나고, 누구 한 명쯤 수리 7호에게 고맙다고 말할 줄 알았다. 하지만 한 명도 그렇게 말한 아이가 없다. 인터넷에 검색해 정보를 찾은 다음 인터넷에게 고맙다는 말을 하지 않는 것처럼, 수리 7호에게도 그렇게 굴었다. 연주는 아이들의 태도가 얄미웠지만, 수리 7호는 괜찮다며 신경 쓰지 않는다고 했다. 그 말을 할 때 수리 7호의 표정에는 아무런 변화가 없었다. 하지만 연주는 걱정이 됐다. 수리 7호는 어쩌면 괜찮지 않은데 괜찮다고 하는 게 아닐까. 매뉴얼에 저장된 대로 그렇게 말하는 건지도 모른다. 수리 7호를 친구로 대하는 건 이제 연주가 유일하다.

엄마는 곧 저녁을 먹을 거라며 얼른 옷을 갈아입고 나오라고 했다. 연주는 엄마 말을 무시한 채 침대에 누웠다. 지금쯤 수리 7호는 뭘 하고 있을까? 충전 중일까? 수리 7호는 연구소로 돌아가면 충전을 한다고 했다. 휴대전화를 충전하듯이 말이다. 연주는 그 장면이 잘 상상이 되지 않았다. 집에 와서도 수리 7호와 메시지를 주고받으면 참 좋을 텐데, 충전 중에는 오프 상태가 되어야 한다고 했다. 너무 아쉽다. 연주는 얼른 내일이 되어 학교에 가고 싶었다.

연주는 아침 8시도 전에 등교했다. 수리 7호와 좀더 일찍 만나고 싶어서다. 수리 7호는 8시 전에 학교에 온다.

교실 문이 열리며 수리 7호가 들어왔다. 연주는 수리 7호에게 달려갔다.

"왜 이제 와?"

"7시 50분인걸. 내 등교 시간은 7시 50분이야."

"알아."

연주는 수리 7호의 손을 잡아 자리로 이끌었다. 수리 7호는 사람의 체온과 별 차이가 나지 않는다.

"네 손 따뜻하다."

"응. 내 손은 인간의 체온과 같게 설정되어 있어."

연주는 수리 7호 앞에 얼굴을 바짝 들이댔다.

"저기, 너 사실은 사람이지?"

어쩌면 수리 7호는 사람일지도 모른다. 이렇게 똑같이 로봇을 만든다는 게 말이 안 된다.

"나는 수리 7호야. 센트럴로보 회사에서 제작해 전국 중학교 스무 군데에 시범적으로 보급된 로봇이지."

수리 7호는 수백 번도 더 대답한 말을 연주에게도 했다. 그 긴

말을 하면서 수리 7호는 숨 한 번 내쉬지 않았다. 체온은 사람과 같지만, 수리 7호는 사람처럼 숨을 쉬지는 않는다.

"그래, 알아."

연주는 폭, 하고 한숨을 내쉬었다. 혹시나 했다. 종종 연주는 수리 7호가 "사실 나 사람이었어" 하고 말하는 장면을 상상한다. 그러면 연주는 그럴 줄 알았어!라며 당황하지 않고 하하 웃을 자신이 있다.

"뭐, 괜찮아. 네가 로봇이든 사람이든 상관없어."

연주는 넌 내 친구니까, 라는 말은 입에 넣어둔 채 하지 않았다. 그 말을 수리 7호에게 직접 하는 건 너무나 쑥스럽다.

"근데 수리 네 별 모양은 아직 선명해."

"응. 그러네."

수리 7호가 제 손목을 들여다보며 대답했다. 사람마다 헤나 지속 기간은 다르다고 했다. 연주는 일주일 만에 반 이상 지워졌지만, 수리 7호의 별은 아직도 반짝인다.

수리 7호에게 이런저런 이야기를 하고 있는데 교실 문이 열렸다. 선호다. 수리 7호는 선호를 발견하고 손을 흔들어 인사했지만, 선호는 무시했다.

"인사하지 마. 네가 인사해도 애들은 너한테 알은척도 안 하잖아."

"그래도 해야 해."

연주는 말해봐야 소용없다는 걸 알지만, 아이들이 수리 7호를 대하는 태도를 볼 때마다 기분이 좋지 않았다.

"연주야, 나는 괜찮아."

"알아. 하지만 내가 안 괜찮다고."

예전에 연주는 억울하고, 분하고, 속상하고, 화가 날 때면 차라리 자신이 로봇이면 좋겠다는 생각을 했다. 그러면 아무 감정도 느낄 수 없을 테니. 어떤 상황이든 괜찮을 수 있을 테니. 하지만 수리 7호를 보면 왜 괜찮아 보이지 않는 건지 모르겠다.

"수리야, 너도 같이 시험 보면 좋겠다."

이제 얼마 후면 1학기 기말고사다. 수리 7호는 함께 시험을 보지 않는다.

"왜?"

"네가 1등 할 테니까. 넌 당연히 올 백이겠지?"

수리 7호가 전교 1등을 하면, 아이들은 수리 7호와 친해지려고 안달이 날 거다. 지금처럼 수리 7호를 무시하지 못할 거다.

"난 1등 하고 싶지 않아. 연주 너는 1등 하고 싶니?"

"아니, 별로."

1등을 하려면 수리 7호처럼 올 백 점을 맞아 독보적인 1등을 해야 한다. 어설프게 1등을 했다가는 아이들에게 미움받기 십상이다.

"저기, 연구소에서 별말 안 해?"

"무슨 말?"

"아냐, 아무것도. 나 화장실 갈 건데 같이 가줘."

"응."

연주는 자리에서 일어나 수리 7호의 팔짱을 꼈다. 이제 연주에게도 화장실에 같이 가는 친구가 생겼다.

화장실에 가지 않는 수리 7호는 바깥에서 연주를 기다렸다. 연주는 비어 있는 칸으로 들어가 문을 닫고 변기에 앉았다. 어제, 연주는 아빠에게 이상한 말을 들었다. 수리를 제작한 회사에 문제가 생겼다는 거다. 그쪽 업계에서 일하는 아빠 친구에게 들었다고 했다. 연주가 무슨 일이냐고 묻자 아빠도 자세히는 모른다고만 말했다. 다른 수리들도 수리 7호처럼 교실에서 별 역할을 못하는 걸까? 그래서 문제가 생긴 걸까?

바깥에서 똑똑 하고 누군가가 문을 두드렸고, 연주는 일어나 변기 물을 내렸다. 화장실 앞에는 수리 7호가 서 있다. 연주는 아까처럼 수리 7호의 팔짱을 낀 후 교실로 향했다.

쉬는 시간, 연주와 수리 7호가 자리에 앉아 도란도란 대화를 나누고 있는데, 현준이 뒤로 밀려나면서 팔꿈치로 수리 7호의 오른팔을 세게 치고는 바닥에 주저앉았다. 다른 아이들과 장난을 치다가 그랬다. 현준은 고개를 돌려 수리 7호라는 걸 확인한 후, 제 교복에 묻은 먼지를 털며 돌아가려 했다.

"야, 너 사과해야지."

연주가 자리에서 벌떡 일어나 그대로 가버리는 현준의 앞을 막아서며 말했다.

"내가? 왜?"

"네가 수리 7호 쳤잖아."

"그게 뭐? 어차피 쟤는 로봇이라 아프지도 않잖아."

"그래도 네가 쳤잖아."

"넌 지나가다가 전봇대랑 부딪치면 전봇대한테 사과하냐? 지도 안 할 거면서."

현준이 피식 웃으며 연주의 말을 되받아쳤다.

"전봇대랑 수리 7호랑 같아?"

"그럼 다르냐? 움직이는 거랑 못 움직이는 차이밖에 더 있어?"

현준은 귀찮다는 듯 비키라며 연주의 어깨를 옆으로 살짝 밀었다. 연주는 현준을 노려보며 현준의 오른 손목을 움켜잡았다. 반 아이들이 연주와 현준 주위로 몰려들었고, 옆에 있던 수리 7호가 그러지 말라며 연주를 설득했다. 하지만 연주는 반 아이들 모두에게 제대로 보여주고 싶었다.

"뭐야? 놔."

"사과해."

"싫어. 내가 왜 사과해."

"하라고!"

"로봇한테 어떻게 사과를 하냐?"

"해!"

연주는 버럭 소리를 지르면서 현준의 손목을 오른쪽으로 홱 돌렸다. 현준이 아프다고 소리치면서, 잡히지 않은 왼손을 허공에 휘둘렀다. 남자아이들이 몰려와 현준을 잡았고, 여자아이들은 연주를 잡아 둘을 떼어냈다. 현준이 가만두지 않겠다며 버럭 소리를 질렀고, 연주도 지지 않고 때려보라고 했다. 그렇게 둘이 드잡이를 하고 있는데, 문이 열리며 담임 선생님이 들어왔다.

"지금 뭐 하는 거야? 다들 자리에 앉아!"

담임은 연주와 현준에게 교탁 앞으로 나오라고 했다. 담임이 왜 그런 거냐고 물었고, 둘은 동시에 말을 했다.

"쟤가 갑자기 제 손목을 잡더니 확 꺾었어요."

"현준이가 먼저 제 어깨 쳤거든요. 그래서 저도 그런 거라고요."

담임은 한 사람씩 말하라고 했다. 먼저 현준이 제 입장에서 말을 했고, 이어서 연주도 그랬다.

"수리 7호, 나와봐."

담임이 수리 7호를 호출했다. 현준과 연주의 이야기는 제각각 달랐지만, 수리 7호가 연관된 것만은 같았다.

"둘이 싸운 거 봤어?"

"네."

"어떤 일이 있었는지 설명해봐."

"제가 자리에 앉아 있는데, 현준이가 넘어지면서 제 팔을 쳤어요. 현준이가 일어나 가려고 하니까, 연주가 현준이에게 사과하라고 했어요. 현준이가 하지 않겠다고 하자 연주가 일어나서 현준이 앞을 막았어요. 현준이가 싫다고 하면서 가려고 해서 연주가 현준이 팔을 잡았어요. 그리고 뭐야? 놔, 사과해, 싫어, 내가 왜 사과해, 하라고, 로봇한테 어떻게 사과를 하냐?, 해, 라는 대화가 오간 후 연주가 현준이의 팔을 꺾었어요."

수리 7호는 연주와 현준이 했던 대화를 그대로 복기했다.

"현준이가 연주 어깨를 쳤니?"

"아뇨. 아주 살짝 밀었어요. 건드렸다고 보는 게 맞아요."

"그래? 그러면 누가 더 잘못한 거 같니?"

"연주요. 연주가 잘못했어요. 친구를 때리면 안 돼요. 그리고 연주는 현준이한테 '이 씨발놈아'라고 욕도 했어요. 씨발놈은 매우 저속한 표현으로 친구한테 해서는 안 되는 말이에요."

인상을 꽉 쓴 연주는 고개를 돌려 수리 7호를 바라보았다. 수리 7호의 표정은 조금도 변화가 없다.

"김연주, 현준이한테 사과해."

연주는 아무 말도 하지 않고 그대로 서 있었다. 현준이가 팔이 아프다며 계속 종알거렸다.

"반 아이들 다 보는 데서 수리 7호가 정확히 이야기했잖니. 친구를 다치게 하면 어떻게 해? 얼른 사과하고 끝내자."

연주는 대꾸하지 않고 그대로 자리로 돌아가 책상에 엎드렸다. 담임이 기가 차다는 표정을 지었고, 반 아이들은 쟤 뭐냐며 웅성거렸다. 복도에는 이번 시간 교과 담당인 영어 선생님이 기다리고 있었다. 담임은 연주에게 수업이 다 끝나고 교무실로 오라는 말을 한 후, 아프다고 하는 현준을 데리고 교실을 나갔다.

수업이 시작되었지만, 연주는 그대로 책상에 엎드려 있었다. 연주는 자신이 너무 부끄러웠다. 로봇을 친구라고 생각하다니, 어쩌면 그리 어리석었을까. 양손을 포갠 후 그 안에 머리를 넣고 눈을 감고 있으니 어둠뿐이다. 너무나 고요하다. 점차 영어 선생님의 목소리도 윙윙 소리로 바뀌며 귀에 들리지 않기 시작했다.

모든 건 제자리로 돌아왔다. 연주는 예전처럼 다시 혼자가 되었다. 그 이후로 수리 7호가 몇 번 말을 걸었지만, 연주는 다른 아이들이 수리 7호에게 하는 것과 똑같이 했다. 철저히 수리 7호를 무시했다. 현준과의 일은 크게 번지지 않았다. 현준은 손목 인대가 늘어나 일주일가량 깁스를 하고 있긴 했지만, 치료비를 보상하는 선에서 합의를 했다. 학폭위가 열리면 연주뿐만 아니라, 어깨를 먼저 친 현준도 가해자가 될 수 있기 때문이다.

1학기가 끝날 즈음, 센트럴로보 회사의 비리 사건이 밝혀졌다. 학교에 로봇을 납품하기 위해 로비가 있었다고 했다. 연일 뉴스에서 센트럴로보와 교육부의 커넥션을 보도했고, 센트럴로보뿐만 아니라 그와 줄줄이 엮인 기업과 정부 사이의 비리 사건이 밝혀지기 시작했다. 그리고 수리들은 학교에서 사라졌다.

연주가 수리 7호를 다시 만난 건 10여 년이 흐른 후다. 마트에서 계산하고 나오는데, 영수증에 사지 않은 물건이 결제되어 있었다. 다시 계산대로 가 말을 하니, 고객 센터에 가서 정정 요청을 하라고 알려줬다.

연주는 지하 1층에 있는 고객 센터로 갔다. 번호표를 뽑은 후

대기 의자에 앉아 기다리자, 잠시 후 연주 차례가 되었다.

"어서 오세요, 127번 고객님. 무엇을 도와드릴까요?"

연주는 멈칫했다. 수리 7호다. 고객 센터에 사람 모형의 로봇들이 보급되고 있다는 이야기를 들었다. 감정이 없는 로봇이야말로 손님을 대하기 적격이다. 손님 중에 예의 없는 진상 손님이 꽤 많으니까.

"저기, 계산이 잘못돼서요. 이 물건은 제가 구매한 게 아니에요."

"아, 그러세요? 그러면 제가 다시 결제해드리겠습니다."

연주는 안내 로봇에게 카드를 내밀었다. 연주는 그사이 어른이 되었지만, 수리 7호는 그대로다. 유니폼을 입고 있지만, 얼굴은 앳된 여중생 모습이다.

"저기요."

"왜 그러십니까, 고객님?"

연주는 가쁘게 숨을 내쉬었다. 연주 앞에 서 있는 건 수리 7호가 맞을까. 어쩌면 수리 1호나 수리 15호일지도 모른다. 수리들은 모두 같은 모습이니까. 설령 수리 7호더라도 연주를 알아보지 못할 거다. 그때 학교에 보급되었던 수리들은 리셋되어 다른 곳으로 갔다. 연주가 수리 7호를 만나러 회사로 찾아갔을 때 직원이 알려주었다.

안내 로봇 손목 안쪽의 문양이 눈에 들어왔다. 별이다. 연주는 떨리는 마음을 간신히 진정시킨 후 손을 올려 수리 7호의 손을 잡았다. 따듯하다. 그때와 똑같다. 학창 시절, 연주의 친구가 되어준

건 수리 7호가 유일했다.

"내가 얼마나 보고 싶었는데. 잘 지냈지?"

수리 7호는 연주에게 손을 잡힌 채 미소를 지었다. 그러고는 손을 빼낸 후 말했다.

"128번 고객님!"

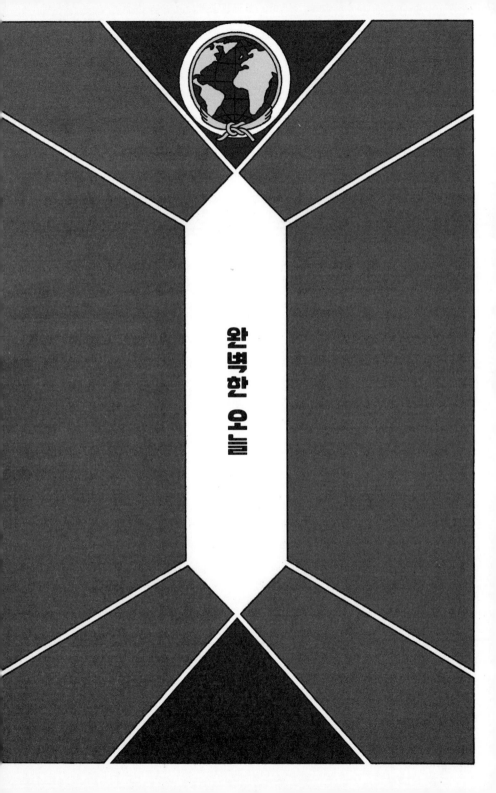

완벽한 오늘

이틀 연속 브로콜리라니, 운이 없다. 범준은 식판 위에 놓인 브로콜리를 노려보았다. 이건 생긴 것부터가 싫다. 꼭 초록색 좀벌레가 뭉쳐 있는 것 같다. 배식 받을 때 "괜찮아요"라고 말했지만, 배식 도우미는 범준의 말을 무시하고 식판 위에 떡하니 브로콜리를 담아주었다.

"너는 뭘 그렇게 가리는 게 많냐? 애도 아니고. 그거 먹을 만해."

맞은편에 앉은 철구가 타박했다. 다른 사람은 몰라도 철구한테 이런 말을 들으니 기분이 썩 좋지는 않다. 제일 애처럼 구는 게 누군데. 어제도 그렇게 말하며 범준의 신경을 건드렸다.

"그럼 네가 먹든지."

"그러지 뭐."

철구는 범준의 식판 위에 놓인 브로콜리 세 개를 젓가락으로 하나씩 집어 제 식판으로 옮겼다. 철구는 제육볶음과 밥, 콩나물국을 번갈아가며 한 입씩 먹었다. 점점 철구의 식판이 바닥을 보이기 시작한다.

"넌 밥이 넘어가냐?"

"당연하지. 배고파 죽겠다고."

범준은 도무지 철구가 이해되지 않았다. 어제는 가출을 해버릴까 어쩔까 하며 징징거렸으면서, 오늘은 아무 일도 없었다는 듯 굴고 있다. 범준은 밥이 넘어가지 않았고, 결국 두 숟가락 정도 먹고 그대로 남겼다. 입맛이 없다. 어제저녁에는 엄마가 범준이 좋아하는 치킨을 시켜주었지만 먹는 둥 마는 둥 했다.

"너 엄마한테 말했냐?"

"뭘?"

"뭐긴. 아예 기억을 지운 거냐? 그래서 그렇게 멀쩡한 거냐?"

범준은 쯧쯧 하고 혀를 차며 철구를 바라봤다. '모르쇠 전법'을 구사하려고 하다니, 정말 철구다운 발상이다. 하지만 중학교 2학년이나 돼서 그런 게 통할 리 없다.

"나 진짜 어떡하면 좋냐. 우리 아빠 성격 장난 아니잖아. 나 죽이려고 할지도 몰라."

"너 뭐 잘못했냐?"

"뭔 헛소리야. 나만 잘못했냐? 너도 같이했잖아."

철구는 큰 눈을 끔벅이며 범준을 바라보았다. 자기는 무고하다는 얼굴이다. 어쩌면 철구는 이미 엄마에게 용서를 받았는지도 모른다. 그래서 저렇게 천하태평인지도.

"다 먹었으면 가자."

"왜? 너 더 안 먹어?"

"지금 밥이 넘어가겠냐?"

범준은 식판을 들고 먼저 의자에서 일어섰다. 철구는 뒤따라오며 도대체 무슨 일이냐고 묻는다. 녀석이 아주 사람 염장을 지른다.

교실로 돌아와 이마를 책상에 그대로 박았다. 쿵, 소리가 났다. 아, 진짜 어떡하면 좋을지 모르겠다. 오늘은 집에 가서 엄마와 아빠에게 반드시 말해야 한다. 어제 담임 선생님은 내일인 오늘까지 집에 가서 말할 시한을 주겠다고 했다. 집에 가서 스스로 무슨 일을 저질렀는지 부모님에게 말하라는 거다. 그런 후 부모님이 직접 담임에게 연락을 하면 상담 날짜를 정하겠다고 알렸다. 그냥 알아서 부모님한테 연락하면 될 텐데, 왜 힘들게 직접 말하라고 하는지 모르겠다. 담임은 최대한 더 우리를 고통스럽게 할 작정인가 보다.

어제, 왜 그랬을까. 범준은 후회하고 후회하고 또 후회했다. 한석의 제안에 조금 머뭇거리긴 했지만 같이하겠다고 나섰다. 스물다섯 명 중 열 명 가까이 손을 들었고, 거기에 끼지 못하면 찐따가 될 것 같았다. 철구까지 하겠다고 했기에, 범준은 지루한 한 시간을 재밌게 보낼 수 있을 거라 기대했다. 하지만 논리 선생님이 그렇게 나올 줄 몰랐다.

오늘은 집에 가서 부모님에게 말해야 한다. 하지만 뭐라고 말을 해야 할까? 친구들을 따라 했다고 할까? 뭐 그게 사실이긴 하지만, 그렇다고 아빠가 용서해주진 않을 거다. 범준이 논리한테 한 말도 전해야 할까? 논리가 담임이랑 상담 샘한테 다 말했을까? 아, 도대체 어디까지 이야기하고, 어디부터는 이야기하지 않아도 되는지 도통 모르겠다. 범준은 머리를 들어 책상에 계속 찧었다.

그런데 교실 분위기가 이상하다. 왜 다들 철구처럼 굴고 있는지 모르겠다. 범준 혼자 잘못을 저지른 것처럼, 다들 아무 일도 없었다는 듯 떠들며 놀고 있다.

"야, 5교시 뭐냐?"

5교시 예비 종이 울림과 동시에 한석이 문을 열고 들어오며 아이들에게 물었다.

"논리."

논리란 말에 움찔한 건 범준이다. 논리 선생님 얼굴을 어떻게 봐야 할지 모르겠다.

"그래? 그럼 우리 장난 좀 칠까?"

한석은 제정신이 아닌 게 분명하다. 어제 그런 일이 있었으면서 또 일을 벌이려고 하다니. 막무가내인 건 알았지만 이 정도인지는 몰랐다.

"좋아. 뭐 할 건데?"

"나도 오케이."

여기저기에서 아이들이 좋다고 했다. 심지어 철구까지 자기도 끼겠다고 손을 들었다. 범준은 책상 위에서 몸을 일으켰다. 뭔가 이상하다. 어제도 이랬는데. 왜 또 이러는 거야?

"내가 지금 보낸 거 클릭해."

한석이 개인 태블릿 피시를 머리 위로 흔들어 보였다. 대부분의 아이들은 태블릿 피시를 두 개씩 가지고 있다. 하나는 학교에서 제공한 수업용이다. 거기엔 선생님이 보내주는 수업용 자료만 들어 있고 인터넷 연결도 제한되어 있어 학교에서만 사용한다. 그래서 다들 개인용 태블릿 피시를 가지고 있다. 아이들이 하나둘 가방에서 개인용 태블릿 피시를 꺼냈다. 철구도 자기 것을 꺼내 화면에서 한석의 메시지를 클릭했다. 성인용 만화가 떴다.

"야, 너 뭐 하는 거야?"

범준은 철구의 팔을 잡아채며 물었다.

"뭐 하긴, 재밌잖아."

이것들이 정신이 나가도 단단히 나갔다. 어떻게 어제 그 난리를 겪어놓고 똑같은 짓을 하려는 건지, 범준은 도저히 이해되지 않았다.

"너 양심도 없어? 논리가 가만있을 것 같아?"

"논리가 해봤자지 뭐."

철구는 킥킥대며 웃었다. 한석은 개인용 태블릿 피시로 만화를 보고 있자고 했다. 어제처럼 말이다. 잠시 후 5교시 시작을 알리는 종소리가 울렸고, 교실 앞문이 열렸다. 논리 선생님이다. 범준은 침을 꿀꺽 삼켰다.

"점심 맛있게 먹었어요? 자, 3단원부터 볼 거예요."

논리 선생님은 반 아이들을 제대로 쳐다보지도 못한 채 교단 앞에 섰다. 어? 어제와 너무 다르다. 어제 아이들을 공포에 떨게 했던 선생님의 모습은 사라진 채, 다시 원래대로 돌아왔다. 하루 사이에 무슨 일이 있었던 걸까? 어제와 똑같은 장난을 치려는 아이들도 이상하지만, 논리 선생님은 더 이상하다. 자존심도 없나. 다시는 범준네 반 아이들을 상대하지 않을 것처럼 굴더니, 아무 일도 없었다는 듯 돌아왔다. 어른이라 어쩔 수 없는 걸까? 돈을 벌어야 하니까? 아빠도 매일 부장님이 싫다며 죽도록 욕하면서 회사를 그만두지 못한다.

범준은 고개를 절레절레 저으면서 화면을 클릭했다. 수업이 절반쯤 지나갔을 때였다.

"지금, 뭐 하는 거예요?"

논리 선생님이 한석 앞에 서서 물었다.

"뭐 하긴요. 공부하는 거잖아요."

한석은 건들거리며 대답했다.

"이건 만화잖아요. 그리고 수업 시간에 개인용 태블릿 피시는 사용 금지예요."

"아, 정말요? 몰랐어요. 그러면 진작 알려주셨어야죠."

"이건 학교 교칙이잖아요. 왜 아직 그걸 몰라요?"

"선생님이 말을 안 해줬잖아요."

"학생이라면 당연히 알고 있어야죠."

"알려줘야 알죠. 안 알려주는 걸 어떻게 알아요?"

한석이 실실 웃으며 말대답을 꼬박꼬박 계속했다.

"한석 군은 다른 수업 시간에도 개인용 태블릿 피시 봐요?"

"아뇨. 다른 선생님들은 다~ 개인용 태블릿 피시 보지 말라고 알려줬어요. 선생님만 빼고요."

"그러면 내 수업 시간에도 당연히 보면 안 되는 거잖아요."

"그런 게 어딨어요? 선생님은 안 알려줬는데. 아, 논리가 하나도 없네, 정말."

논리 선생님이 화를 꾹꾹 참고 있는 게 범준 눈에도 보였다.

"제가 미리 고지하지 않았어도, 다른 학생들은 다들 알고 있다고요."

"아닌데. 다들 모르는 거 같은데?"

논리 선생님이 주변을 둘러보며 아이들의 책상을 확인했다. 한석처럼 개인용 태블릿 피시를 보고 있는 아이들이 여럿이었다.

"다, 다들 뭐 하는 거예요? 자, 장난 그만하고 다들 수업용 꺼내요."

논리 선생님은 화가 나면 말을 더듬는 버릇이 있다.

"뭐, 뭐하는 거예요?"

"자, 장난 그만하고."

"다, 다들."

"수, 수업용 열, 열어요."

한석과 몇몇 아이들이 논리 선생님의 말을 따라 했다.

"그, 그만해요. 나, 나 따라 하지 말아요!"

논리 선생님이 조금 큰 소리로 말했다. 하지만 아이들은 그것도 따라 하며 놀렸다. 어제 이맘때 범준은 논리 선생님에게 "어디서 모기가 앵앵거리는 거야"라는 말을 했다. 친구들이 한마디씩 하기에 왠지 범준도 거들어야 할 것 같았다. 집에 돌아와 그 말을 괜히 했다고 엄청 자책했다.

"아, 수업이 재미없어서 못 듣겠어요."

"그러게, 논리가 하나도 없어. 아, 좀 제대로 가르쳐봐요."

"계약직이라 그런가 봐."

범준은 눈을 부릅뜨고 선생님과 아이들을 살펴봤다. 왜 어제와 똑같은 상황이 펼쳐지는 걸까? 그다음에 논리는 평소와 다르게 버럭 화를 냈는데.

"이 개새끼들아!"

논리 선생님이 크게 소리쳤고 그제야 아이들은 조용해졌다. 논리는 한석 책상 위에 놓인 개인용 태블릿 피시를 뺏었다. 그러곤 교실을 돌며 차례차례 개인용 태블릿 피시를 다 수거한 후 교탁 앞에 탁 소리가 나도록 내팽겨쳤다.

"너희들, 내가 아주 우습게 보이지? 그래, 그러면 한번 우스운 나한테 당해봐. 이제까지 니들 행동 내가 다 적어놨어. 니들이 나한테 했던 장난과 성희롱, 그거 다 고발할 거야. 그거 기록으로 남으면 너희들 좋을 거 하나 없어."

온순한 양의 모습은 사라지고, 독을 품은 뱀처럼 논리는 몸을 바들바들 떨면서 말했다. 신기한 건 말을 하나도 더듬지 않았다는 거다. 어제도 범준은 혼나면서 그걸 좀 놀라워했다.

논리는 아이들의 개인용 태블릿 피시를 쌓아 들고 교실을 나갔다. 어디선가 "우리 이제 죽었다"라는 소리가 들렸다. 이것도 어제와 똑같다. 어제는 논리가 나간 후 5교시가 채 끝나기도 전에 담임이 들어왔다.

설마 했는데, 교실 문이 열리며 담임이 들어왔다.

'만화 본 녀석들 다 나와.'

"만화 본 녀석들 다 나와."

범준이 머릿속으로 한 말을 담임이 그대로 했다. 아이들이 한 명씩 차례차례 나가기 시작했다.

"니들 다 따라와."

담임을 필두로 아이들이 줄줄이 소시지처럼 줄을 서서 교실을 나갔다. 이것도 어제와 똑같다. 달라진 점이 있다면, 저 소시지 사이에 범준이 없다는 것이다. 어? 그런데 생각해보니 오늘 5교시는 수학이다. 그런데 왜 논리 수업을 했지?

"야, 오늘 며칠이야?"

범준은 옆 분단에 앉은 전학생을 툭툭 치며 물었다. 지난주에 전학 왔는데 이름은 들었지만 잊어버렸다.

"13일."

"그럼 수요일이야?"

"응."

14일 목요일이 아니라 13일 수요일이라니. 오늘은 어제다. 아니, 어제가 오늘이다. 이게 어떻게 된 거지?

어제와 똑같이 6교시 수업은 담임 담당인 체육인데 자습으로 대체되었다.

범준은 골똘히 생각한 끝에 오늘 무슨 일이 벌어진 건지 알아차렸다. 어제 있었던 일은 꿈이다. 예지몽인가 뭔가를 범준이 꾼 거다. 오늘 같은 참사를 피하라고 미리 꿈에서 알려준 게 분명하다.

담임과 함께 나갔던 아이들은 6교시 수업이 끝날 즈음 교실로 돌아왔다. 철구는 오자마자 상담실에서 있었던 일을 줄줄이 범준에게 말했다. 하지만 범준은 듣지 않아도 알았다. 어제, 아니 꿈에서 겪었으니까. 꿈인데도 불구하고 너무나 생생하게 기억난다. 범준은 잔뜩 걱정하는 철구에게 괜찮을 거라며 위로했다.

집에 돌아오자, 엄마는 회사에서 늦게 끝나 피곤하다며 치킨을 시켜 먹자고 했다. 어제와 달리 범준은 먹고 싶은 치킨 브랜드를 말했고, 치킨이 도착하자 제일 먼저 닭다리를 들고 먹기 시작했다. 역시 치킨은 아주 맛이 좋았다.

또 어제다. 두 번이나 같은 경우가 생기다니, 이건 도저히 말이 안 된다. 아침에 일어나 학교에 올 때까지, 학교에 도착해서도 오늘이 어제라는 걸 몰랐다. 여느 때와 다름없는 하루였으니까. 교실 문을 열고 콧노래를 부르며 들어오는 철구를 보고 뭔가 이상

함을 느꼈다. 어제 밤늦게까지 철구는 부모님한테 어떻게 이야기를 하느냐며 걱정하는 메시지를 보냈다. 하루아침에 철구의 태도가 바뀔 리 없다. 그제야 범준은 오늘이 며칠인지 확인했다. 5월 13일. 어제도, 더 정확히 말하자면 엊그제도 13일이었다.

철구가 아니었다면, 오늘이 또 어제라는 것을 쉽사리 알아차리지 못했을 거다. 1교시부터 4교시까지 반복되는 수업은 별다를 게 없었다. 점심시간이 되자 철구와 함께 식당으로 갔다. 오늘 반찬도 당연히 브로콜리다. 범준의 괜찮다는 말에도 불구하고, 배식 도우미는 식판 위에 브로콜리를 담아주었다.

"너는 뭘 그렇게 가리는 게 많냐? 애도 아니고. 그거 먹을 만해."

철구는 어제도, 엊그제도 이 말을 했지.

"그럼 네가 먹을래?"

"그러지 뭐."

철구가 범준 식판 위의 브로콜리를 하나씩 들어 제 식판으로 옮겼다. 브로콜리가 없어졌기에 범준은 마음 놓고 젓가락을 움직이며 밥을 먹었다.

"저기, 이틀 연속 같은 꿈을 꿀 수 있을까?"

"응. 난 일주일 내내 같은 꿈을 꾼 적도 있어. 왜 너 기억하지? 나 초등학교 2학년 때 편의점에서 과자 훔쳤다가 들켜서 엄마한테 엄청 두들겨 맞았잖아. 요즘도 컨디션 안 좋으면 그때 일을 꿈으로 꿔. 엄마가 왜 그랬어? 왜 그랬어? 하면서 되풀이해 묻는데 진짜 꿈에서도 죽을 거 같아."

철구는 그때가 떠올랐는지 인상을 썼다. 범준은 도대체 어디까지가 꿈이었을까 생각했다. 분명 어제는 엊그제 일이 꿈인 줄 알았는데, 오늘 일어나보니 어제까지가 꿈이다. 아니, 어쩌면 지금도 꿈인 걸까? 하지만 꿈치고는 모든 게 너무나 생생하다. 약간 설익은 밥의 식감과 제육볶음의 매콤한 양념이 혀에 온전히 느껴진다. 혹시 몰라 손으로 볼을 꼬집으니 아프다. 꿈이라면 이런 게 다 느껴질 리가 없다.

"왜 이틀 연속으로 같은 꿈을 꾼 걸까?"

"뭔가 이유가 있겠지 뭐."

"그런가?"

범준은 밥을 먹으면서 곰곰이 생각했다. 왜 두 번이나 같은 상황이 생긴 걸까. 혹시 범준만 빠져나와서? 앞에 앉은 철구를 골똘히 바라보았다. 어제, 걱정하는 철구의 메시지를 받으며 좀 찜찜하긴 했다.

"밥 먹고 매점 가자. 내가 아이스크림 쏠게."

"오오, 정말?"

범준은 그렇다고 고개를 끄덕였다. 철구는 아이스크림을 먹겠다며 후다닥 밥을 먹었지만, 범준은 천천히 먹었다. 철구가 빨리 먹으라고 재촉했다. 범준은 알겠다고 말만 하고 밥을 천천히 씹고 또 씹었다.

매점에서 아이스크림을 하나씩 고른 후, 운동장 조회대 옆에 있는 계단으로 갔다.

"교실 안 들어가?"

"날씨가 좋잖냐."

범준이 계단에 주저앉자, 철구는 못마땅해하면서도 옆자리에 따라 앉았다.

"애늙은이처럼 왜 그러냐."

둘은 아이스크림을 먹으며 운동장에서 축구를 하는 아이들을 바라보았다. 덩치가 작은 것으로 봐서 1학년들 같다.

"뭐 날이 좋긴 하다."

5월의 햇볕은 따갑지 않아서 좋다. 6월이 되면 날이 더워져 하복을 입는다. 아직은 적당한 봄의 날씨다.

축구는 오른편 골대를 수비로 맡은 팀이 일방적으로 잘했다. 유독 한 아이가 눈에 띄었는데, 10여 분 동안 혼자서 두 골이나 넣었다.

5교시 예비 종이 울리자, 운동장에서 놀던 아이들이 하나둘 들어갈 준비를 했다. 범준은 시계를 확인했다. 아마 이즈음 한석이 교실로 들어왔던 것 같다.

범준이 철구와 함께 교실로 들어왔을 때, 한석을 중심으로 몇몇 아이들이 킬킬거리며 웃고 있는 게 보였다. 철구가 윤재한테 다가가 무슨 일 있느냐며 묻는데, 5교시 종이 울렸다. 윤재는 보면 안다는 말을 했고 철구는 자기 자리로 갔다.

5교시는 어제와 똑같았다. 달라진 건 딱 하나, 범준과 마찬가지로 철구도 가담하지 않은 거다. 담임이 아이들을 데리고 나간 후, 철구는 호들갑스럽게 범준에게 뛰어와 대박이라며 소리쳤다.

"이철구, 넌 나한테 고마워해야 해."

"뭔 헛소리야?"

"하여튼 그런 게 있어."

범준은 이제야 마음이 놓였다. 딱 철구까지 빼냈으니, 범준이 할 일은 다 했다. 오늘 밤에는 걱정하는 철구의 연락을 받을 일도, 철구에게 미안한 마음을 가질 필요도 없다. 이 정도면 오늘 일은 잘 해결했다. 범준은 집에 가서 오늘은 무슨 치킨을 시켜 먹을까 생각했다.

아침에 눈을 뜨면 범준은 가장 먼저 휴대전화로 날짜를 확인한다. 벌써 열흘째 5월 13일이다. 오늘도 엄마의 닦달에 일어났다.

"너 지각도 습관이야. 도대체 언제쯤 돼야 혼자 알아서 일어날래?"

엄마는 토씨 하나 틀리지 않고 어제들의 말을 반복했다. 열흘이나 똑같은 하루를 살다 보니, 범준은 사람들의 말과 움직임을 모조리 외울 정도였다.

점심을 먹은 후, 오늘은 아이스크림을 먹지 않고 곧바로 철구와 함께 교실로 돌아왔다. 열흘 동안, 범준은 매일 철구가 한석의 제안에 가담하는 것을 말렸지만 그게 과연 무슨 의미가 있을까 싶다. 예비 종이 울리면서 한석이 들어왔다. 한석의 제안에 다른 아이들과 함께 철구가 반응을 보였다. 범준은 고개를 절레절레 저었다. 역시 철구는 교실에 있으면 하겠다고 하는구나. 범준은 지금이라도 철구를 말려야 하나 고민이 되었다.

"오늘은 그냥 두려나 보네."

옆 분단에서 중얼거리는 소리를 듣고 범준은 고개를 돌렸다. 전학생은 칠판을 바라보고 있다. 아직 전학생과 제대로 말을 해본 적은 없다. 이름이 시안인가, 기안인가 그랬는데.

5교시 폭풍이 몰아쳤고, 오늘은 철구가 담임에게 끌려갔다.

쉬는 시간에 범준은 전학생을 찾았다. 하지만 보이지 않았다. 복도로 나가 한참을 서성거리며 기다렸더니 교실 쪽으로 전학생이 걸어오는 게 보였다. 범준은 전학생에게 다가갔다.

"너, 아까 그거 무슨 말이야?"

"뭐가?"

전학생에게 뭐라고 말을 해야 할지 모르겠다. 철구에게 같은 날을 반복해서 산다는 말을 하자 미친놈 소리를 들었다. 말 한번 제대로 안 해본 전학생에게 무슨 말을 할 수 있을까.

"됐다. 아무것도 아냐."

범준은 전학생을 두고 먼저 돌아섰다. 그 이후, 범준은 전학생을 관찰했다. 뭔가 수상하다. 전학생은 쉬는 시간이면 개인용 태블릿 피시에 계속 무언가를 썼다.

전학생의 존재를 알게 된 후 다시 일주일이 지났지만 여전히 13일인 오늘, 범준은 배가 아프다며 점심을 먹으러 가지 않았다.

교실에 아무도 남지 않기를 기다렸고, 마침내 모두가 사라졌을 때 범준은 전학생의 자리를 뒤졌다. 분명 가방에 개인용 태블릿 피시를 넣는 것을 본 것 같은데. 전학생의 가방 안에는 태블릿 피시가 보이지 않았다. 서랍에 손을 넣어 뒤적거렸더니 무언가가 손에 잡혔다. 범준은 그걸 잡고 쑥 빼냈다. 전학생이 자주 만지던 개인용 태블릿 피시다. 옆 모서리에 달린 버튼을 누르니 화면이 켜졌다. 파란색 화면에는 '일지'라고 적힌 앱이 있다. 범준은 급하게 그걸 손가락으로 꾹 눌렀다.

5월 13일(1)
5월 13일(2)
5월 13일(3)
⋮
5월 13일(12)
5월 13일(13)
5월 13일(14)

그중 첫줄에 있는 '5월 13일(1)'을 눌렀다. 매시간별로 학교생활이 기록돼 있다. 뒤로 가기를 눌러 (2)를 눌렀다. (1)과 마찬가지였는데, 14시에 다른 서체의 빨간색으로 '유범준은 오늘 같이하지 않음'이라고 적혀 있다. 범준은 다른 날도 다 찾아보았다. 전학생은 매일을 기록하고 있었다. 범준은 한편으로 안도감을 느꼈

다. 매일이 반복된다는 것을 다른 사람은 아무도 알아차리지 못했다. 범준의 이야기에 다들 헛소리하지 말라며, 범준이 장난을 친다고 여길 뿐이었다. 범준은 아주 조금, 아니 실은 조금 더 많이 걱정되었다. 어쩌면 자기가 미친 게 아닐까 싶었기 때문이다. 하지만 이 상황을 알고 있는 사람이 한 명 더 있다.

복도 쪽에서 소리가 나는 것 같아 범준은 얼른 태블릿 피시를 끈 후 원래대로 서랍에 넣었다. 교실로 들어온 건 선혁과 준서다. 벌써 밥을 다 먹었나 보다. 범준은 급하게 식당으로 갔다. 식당에 전학생은 보이지 않았다. 밥을 먹고 있는 아이들에게 전학생을 봤냐고 물었다.

"걔 좀 전에 나갔는데."

길이 엇갈린 듯하다. 교실로 돌아와 전학생을 찾았다. 아이들은 전학생이 방금 칫솔을 들고 바깥으로 나갔다고 알려주었다. 범준은 화장실 쪽으로 갔다. 저 앞에 전학생이 보였다. 범준은 달려가 전학생의 어깨를 잡았다. 전학생이 몸을 돌렸다. 전학생은 무슨 일이냐고, 왜 그러느냐고 묻지 않았다.

"너, 너!"

흥분을 한 건 범준이다. 범준은 복도를 지나다니는 아이들 때문에 제대로 말을 할 수가 없었다.

"잠깐 나 좀 보자."

범준은 전학생을 데리고 어딜 갈까 하다가 과학실로 갔다. 여긴 아이들이 아무도 없다.

"너, 도대체 정체가 뭐야?"

"전학생."

전학생은 담담하게 대답했다.

"넌 알고 있지? 매일이 반복된다는 걸?"

전학생은 부정하지 않았다.

"네 책상 서랍에 있는 태블릿 피시 봤어. 거기 매일이 기록되어 있더라. 왜 그걸 기록하는 거야?"

범준은 전학생에게 한 발짝 더 다가서며 물었고, 전학생은 피하지 않았다. 범준은 가슴이 뛰기 시작했다. 드디어 내일 없는 오늘에서 벗어날 수 있는 건가?

"기억하기 위해서."

"무슨 말이야? 왜 기억을 해?"

"기억하지 않으면 안 되니까. 난 매일 아침마다 그동안의 13일을 전부 다 떠올려서 적어. 그리고 새로운 오늘이랑 비교한다고."

범준은 도통 전학생의 말을 이해할 수 없었다.

"네가 무언가 조종하고 있는 거지? 그렇지?"

범준은 이제까지 봤던 영화와 만화를 떠올렸다. 말도 안 되는 상황이 생겼을 때, 분명 열쇠가 되는 인물이든 물건이든 뭔가가 있다. 13일의 반복은 시안이 전학을 온 이후에 일어났다. 술래를 찾으면 게임은 끝난다.

"이제 그만해. 얼른 시간을 가게 하라고. 나 지겨워 죽겠어."

그런데 전학생은 한숨을 내쉬었다.

"유범준, 나도 너와 똑같은 신세일 뿐이야. 나도 이 상황이 답답하다고."

"거짓말하지 마. 네가 시간 조종자잖아!"

범준은 두 손으로 시안의 멱살을 움켜잡고는 이제 그만 시간을 가게 하라고 소리쳤다.

"나도 몰라! 왜 이렇게 된 건지 모른다니까."

"솔직하게 말해!"

범준은 시안을 벽 쪽으로 민 후 두 손을 꽉 조였고, 목이 졸린 시안은 캑캑거리며 숨을 제대로 쉬지 못했다. 시안의 눈이 뒤집히면서 검은 눈동자가 보이지 않았다.

"아, 빌어먹을."

범준이 손을 놓자 시안이 스르르 바닥에 주저앉아 계속 기침을 했다. 범준은 마구 발을 굴렀다. 한참을 바닥에 화풀이를 한 후에야 멈췄다.

"어쨌든, 매일이 반복되는 게 맞다는 거지?"

범준의 물음에 시안이 고개를 끄덕였다.

"그런데 왜 다른 사람들은 몰라? 도대체 왜 아무도 모르는 거냐고. 이건 말이 안 되잖아."

범준은 그간의 답답함을 시안에게 토로했다.

"매일이 똑같으니까. 우리 일상은 그래. 어차피 어제든 오늘이든 내일이든 상관없으니까. 그래서 다들 눈치채지 못하는 거야."

"그럼 우린 언제까지 이렇게 지내야 하는데?"

"나도 모르지."

"우리처럼 깨닫는 사람들이 많으면 달라지지 않을까? 우리, 사람들한테 말하자."

"너, 말 안 해봤어?"

"아니, 당연히 했지."

아무도 범준의 말을 믿어주지 않았다. 범준은 자신이 경험한 매일들을 철구를 비롯해 몇몇 친구들에게 심각하게 이야기했다. 그럴 때마다 돌아오는 말은 "에라이, 이 미친놈아"였다. 다음에 올 상황을 알려주고 그대로 진행이 돼도, 어쩌다 우연히 맞힌 것뿐이라 여겼다. 엄마와 아빠는 유치원생도 아니고, 무슨 말도 안 되는 거짓말을 하느냐고 범준의 이야기에 콧방귀도 뀌지 않았다. 범준이 어렸을 때 가졌던 상상 속의 친구와 동급 취급했다.

"이 상황을 알아차린 건 너랑 나만 있었던 건 아니야."

"그럼?"

"김준서도 알았었어."

준서는 범준네 반 반장이지만, 한석 때문에 반장 노릇을 못 하고 있는 조용한 모범생이다.

"알았었다니? 그럼 이제 아니라는 거야?"

"응. 이젠 모르더라."

"어떻게 그럴 수 있어?"

"그러게 말이야."

5교시 예비 종이 온 학교로 울려 퍼졌다. 범준은 지금 교실에서 무슨 일이 벌어지고 있을지 보지 않아도 알 수 있다.

"그래도 너는 나보다 낫잖아. 매일을 전학생으로 사는 기분이 어떤 건지 넌 모를 거야."

시안은 오른손으로 범준의 어깨를 두 번 툭툭 친 후 과학실 문을 열고 나갔다. 범준은 의자를 하나 빼서 앉았다.

5교시에는 과학실 수업이 없는지 아무도 들어오지 않았고, 범준은 5교시 수업 종이 울렸음에도 움직이지 않고 그대로 있었다. 5교시 수업에 들어가는 게 무슨 의미일까. 아이들은 킬킬댈 거고, 논리는 화를 낼 거고, 다들 담임에게 불려갈 거다. 그걸 또 지켜봐야 한다. 그럴 바에는 그냥 과학실에서 땡땡이를 치는 게 낫다. 게임을 하다가 렉에 걸린 기분이다. 혹시. 범준은 문득 이 상황이 처음이 아닐지도 모른다는 생각이 들었다. 이전에도 이런 일이 있었을 테지만, 범준 역시 모른 채 반복되는 며칠을 보냈을 수도 있다.

이젠 기억도 희미해져간다. 도대체 범준은 오늘을 몇 번이나 산 걸까. 100일 정도가 지난 후부터 범준은 더 이상 몇 번째인지 날짜를 세지 않기 시작했다. 수없이 많은 날이 지났지만 오늘은 5월 13일이고, 범준은 여전히 열다섯 살이다.

그동안 학교에 가지 않은 날도 꽤 있다. 어떤 날은 담임이 알고 엄마에게 연락을 해 혼이 났지만, 또 어떤 날은 담임도 모르고 넘어가기도 했다. 학교에 가지 않은 날은 게임방에 가거나, 엄마가 출근하기를 기다려 집으로 돌아와 하루를 보냈다. 혼자 놀이동산에도 가고, 영화도 보러 갔다. 하지만 혼자 하려니 별로 재미가 없었다.

"웬일이야? 네가 브로콜리를 다 먹고?"

철구는 어제도, 엊그제도, 또 엊그제의 엊그제도 이 말을 했다.

"그냥."

범준은 식판 위의 브로콜리를 하나 더 들어 초고추장에 찍어 먹었다. 물컹물컹한 브로콜리는 아무 맛도 나지 않는다. 달지도, 쓰지도 않다. 범준의 매일과 비슷한 맛이다. 이제는 브로콜리를 먹을 수 있지만, 여전히 오늘이다. 브로콜리를 먹게 되었다는 것만 빼고는 달라진 게 아무것도 없다. 이 모든 게 브로콜리의 저주가 아닐까 싶어 브로콜리를 먹기 시작했다. 하지만 브로콜리는 아무 잘못이 없다.

"철구야. 너는 평생 한 가지 음식만 똑같이 먹어야 하는 상황이 생기면 어떻게 할 거냐?"

"뭐 그게 내가 좋아하는 거면 괜찮을 것 같아."

"그러냐?"

범준은 자주 오늘에 대해 생각한다. 만약 반복되는 하루가 5월 13일이 아니라 다른 날이었으면 어땠을까 하고. 하루 종일 집에서 뒹굴거리며 텔레비전을 보고 게임을 하는 휴일이었다면? 생일 선물을 잔뜩 받고 하고 싶은 걸 마음대로 할 수 있는 생일날이었다면? 그러면 좀 나았을까?

"난 별로일 거 같은데."

"그럼 다른 음식을 찾아야지."

"그게 불가능하니까 그렇지."

"그런가?"

철구는 범준의 질문을 가볍게 넘겼다.

"넌 왜 모르냐? 진짜 모르는 거냐?"

"뭘?"

"아니다, 됐어."

점심을 먹고 교실로 돌아왔을 때, 시안이 태블릿 피시에 무언가를 적고 있는 게 보였다. 범준은 성큼성큼 걸어 시안에게 다가가서, 시안의 손에 들려 있는 태블릿 피시를 확 빼앗았다. 어쩌면, 여기에 비밀이 숨어 있을지도 모른다. 범준은 내일로 가기 위해 별별 일을 다 했다. 하루 종일 전혀 다른 행동을 하기도 하고, 첫 번째 날과 하나도 다르지 않게 똑같이 행동한 적도 있다. 하지만 다시 오늘이었다. 범준은 태블릿 피시를 바닥에 확 집어 던진 후 발로 쾅쾅 밟았다. 액정에 금이 가며 태블릿 피시가 깨졌다. 반 아이들이 범준의 주위를 둘러쌌다.

"야, 왜 그래?"

"무슨 일이야?"

범준은 시안을 노려보았고, 시안은 아주 태연하게 의자에 그대로 앉아 있었다. 철구가 범준의 팔을 잡아당기며 시안과 무슨 일 있느냐고 속삭였다. 5교시 예비 종과 동시에 한석이 들어왔다. 한석은 아이들이 몰려 있는 곳으로 다가와 왜 그러느냐고 물었고, 한 아이가 범준이 한 일을 설명했다. 한석은 "오오, 유범준 대박!"이라고 소리쳤다.

시안이 의자에서 일어나 청소 도구함으로 걸어갔다. 빗자루와 쓰레받기를 가져온 후 깨진 태블릿 피시를 빗자루로 쓸어 담아 그대로 쓰레기통에 버렸다. 범준은 시안이 "소용 없다니까"라고 중얼거리는 걸 들었다.

이 소동을 지켜본 아이들은 계속 웅성댔고, 5교시 종이 울리며 논리 선생님이 들어왔다. 5교시는 아무 일도 벌어지지 않은 채 조용히 흘러갔다. 아무 일도 벌어지지 않은 5교시는 300여 일 만이다.

오늘은, 또다시 5월 13일이다. 범준은 시안의 태블릿 피시를 여러 차례 깨뜨렸다. 시안은 한 번도 화를 내지 않았다. 어차피 다음 날이면 다시 오늘이 되어 태블릿 피시는 멀쩡해지니까. 그런데 오늘은 범준이 태블릿 피시를 바닥에 던져 밟고 있는데, 시안이 "이 미친 새끼야" 하고 소리치며 범준에게 덤벼들었다. 범준은 웃음이 나왔다. 새로운, 오늘이다. 어쩌면 내일이 올지도 모른다.

담임에게 불려가 혼이 나면서도 범준은 빨리 오늘이 지나가기만을 바랐다. 내일을 맞을 수만 있다면 태블릿 피시값 정도야 물어줄 수 있다.

다음 날 눈을 떴을 때, 범준은 가장 먼저 날짜를 확인했다. 5월 13일. 어떻게 된 거지? 그대로다.

학교에 도착하자마자 시안을 찾았다. 책상 앞에 앉은 시안이 태블릿 피시를 만지작거리고 있다. 범준은 시안 손에서 그것을 빼앗았다. 게임 중이었는지 화면에 게임 캐릭터가 보였다.

"야, 내놔. 너 뭐 하는 거야?"

범준은 초기 화면으로 돌아가 바탕 화면에서 '일지' 앱을 찾았다. 없다.

"너, 왜 일지 안 써?"

"뭔 소리야. 일지라니?"

"너 썼잖아. 매일 5월 13일에 무슨 일이 벌어지는지 여기에 적었잖아. 그런데 왜 그게 없어?"

시안은 인상을 찡그리며 범준을 바라봤다.

"넌 알고 있잖아. 매일이 5월 13일인 걸. 그치?"

"뭐라는 거야."

시안은 범준에게 태블릿 피시를 뺏어 든 후 다시 게임을 하기 시작했다. 시안은 모르는 척하는 게 아니라, 정말로 모르는 듯하다. 시안마저 다른 아이들과 마찬가지로 오늘의 시간 속으로 들어가버렸다.

"으악!"

범준이 머리를 쥐어뜯으며 소리를 질렀고, 그 소리가 교실 안에 메아리처럼 울렸다. 다른 아이들은 아무 일도 없다는 듯, 정말로 아무 일도 없기에 하던 행동을 계속했다. 범준을 이상하게 쳐다보는 아이도 있었고, 전혀 개의치 않고 뛰어다니며 장난을 치는 아이도 있었다. 범준만 빼고 다들 아무 문제 없었다.

범준은 더 이상 오늘이 며칠인지 따지지 않았다. 범준은 점점 생각을 하지 않게 됐다. 친구들이 웃으면 따라 웃었고, 친구들이 장난을 치면 같이 장난을 쳤고, 선생님에게 혼나면 시무룩한 척했다. 점차 시키는 대로, 남들이 하는 대로 하다 보니 오늘이 반복된다는 걸 의식하지 않을 수 있었다. 어제와 같은 오늘, 오늘과 다를 거 없는 내일은 이상할 게 없다. 모든 건 아주 자연스러웠다. 시안과 교실 안에서 마주쳐도 잘 모르는 것처럼 굴었다. 시안은 전학 온 지 아직 일주일도 안 된 낯선 아이니까.

식판에 담긴 브로콜리를 보며 범준은 인상을 찡그렸다.

"너는 뭘 그렇게 가리는 게 많냐? 애도 아니고. 그거 먹을 만해."

"그럼 네가 먹든지."

철구가 범준의 브로콜리를 대신 가져다 먹었다. 범준은 나머지 반찬과 함께 밥을 먹기 시작했다.

범준은 이렇게 오늘을 살고 있다.

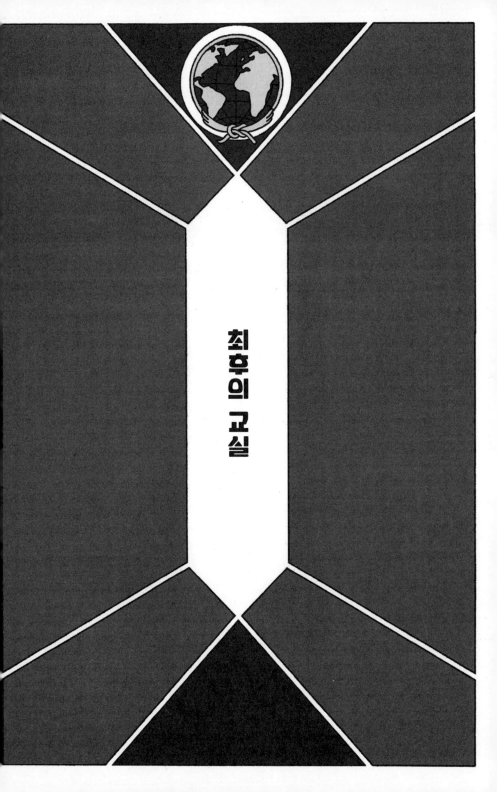

최후의 교실

도대체 여기는 어딜까.

누군가가 서윤의 몸을 흔들었고, 그제야 서윤은 정신을 차렸다. 눈을 떠보니 한 여자가 서윤을 내려다보고 있다. 국어 선생님과 닮은 것 같긴 하지만 국어는 아니다. 옷차림이나 헤어스타일이 비슷할 뿐이다. 고개를 돌려 옆을 보니 서윤 또래의 아이 세 명이 누워 있다. 여자아이 두 명, 남자아이 한 명이다.

서윤은 마지막 기억을 떠올렸다. 학교에서 수업을 받고 있는데, 갑자기 건물이 흔들리기 시작했다. 발에서 진동이 느껴졌고, 창가의 화분이 떨어지며 와장창 깨졌다. 졸고 있던 서윤이 놀라 깰 정도로 바닥이 심하게 흔들렸다. 누군가가 "지진이야!"라고 소리를 질렀고, 아이들은 우왕좌왕했다. 재난 훈련 때 배웠던 게 하나도 기억나지 않았다. 선생님이 침착하라고 소리를 질렀지만 그럴 수 있는 상황이 아니었다. 가까스로 책상 밑으로 기어 들어가 지진이 멈추기를 기다렸다.

흔들림이 잦아들자 아이들이 우르르 교실 바깥으로 뛰어나갔다. 복도에는 옆 반 아이들로 이미 인산인해였다. 아이들이 잔뜩 몰려 있어 앞으로 나아갈 수 없었다. 다들 밀지 말라고 소리를 질렀다. 간신히 계단 쪽으로 갔는데 다시 한번 건물이 흔들리기 시작했다. 서윤은 오직 이곳을 나가야 한다는 생각만 했다.

어찌어찌 운동장까지 나왔다. 앞서 뛰쳐나온 아이들은 운동장 한복판에 그대로 서 있었다. 다들 어디로 가야 할지 모르는 듯했다. 미세하게 운동장 바닥이 흔들렸다.

"건물에 금이 가고 있어!"

이곳에 있다가 학교 건물이 무너지기라도 하면 큰일이라고 서윤은 생각했다. 아이들은 건물에서 가장 멀리 떨어진 곳인 정문을 향해 달리기 시작했다. 서윤도 아이들을 따라 달리는데, 누군가가 서윤의 어깨를 잡았다. 검은 양복을 입은 남자였다.

"김서윤 군?"

"누구세요?"

질문을 한 남자 옆에 있던 또 다른 검은 양복의 남자가 서윤의 어깨를 감싸 안았다. 그러고 나서 정신을 잃은 게 마지막 기억이다.

"자, 자. 정신을 차려요."

서윤은 머리가 띵해 관자놀이를 양쪽 검지로 꾹꾹 눌렀다.

몸을 일으켜보니 여긴 교실이다. 크기가 반밖에 되지 않지만,

칠판과 교탁, 책상 등의 물건은 모두 교실에 있던 것과 모양과 배치 형태가 같다. 다만 창문이 복도 쪽에만 있다는 게 다를 뿐이다. 반대편 벽은 막혀 있다. 여긴 어디지?

아까 서윤을 내려다보고 있던 여자는 어느새 교탁 앞에 서 있다. 여자는 아이들에게 얼른 책상 앞에 앉으라고 했다. 서윤을 비롯한 아이들은 지시대로 일어나 자신이 누워 있던 곳에서 가장 가까운 책상으로 가서 자리를 잡고 앉았다. 아이들은 모두 네 명이고, 책상도 네 개다.

"모두들 여기까지 오느라 수고했어요. 이곳은 앞으로 여러분이 공부할 교실이에요. 책상 위에 놓인 태블릿 피시에 시간표와 교과 내용이 모두 들어 있어요. 번역 앱도 있으니까 앞으로 그걸 사용하면 돼요."

서윤은 태블릿 피시 화면을 켰다. 여자의 안내대로 다양한 앱이 있다.

"여기는 어디예요?"

앞자리에 앉은 안경 쓴 여자애가 손을 들고 질문했다.

"아까 말했잖아요. 수업을 받을 교실이라고요."

"저희가 왜 여기 있어야 하냐고요!"

이번 질문은 서윤이 했고, 여자는 태연한 얼굴로 "학생이니까요"라고 대답했다. 여자는 자신을 담임이라고 소개했다.

"지진이 나고 난리가 났어요. 그런데 왜 우리가 여기서 수업을 받아야 하나요?"

답답한 서윤이 다시 질문을 던졌다.

"맞아요. 지금 바깥은 매우 위험한 상황이에요. 동아시아뿐만 아니라 유럽, 미주까지 곳곳에서 거의 동시에 지진이 일어났고, 원전이 폭발했어요."

담임의 말에 아이들은 인상을 썼다. 그러곤 곧바로 약속이라도 한 듯 고개를 숙여 제 몸이 멀쩡한지 확인한 후 다시 한번 이 공간을 둘러보았다. 나는, 여기는 무사한 걸까.

"여러분은 대한민국의 보존 학생들로 선발되었습니다. 바깥 상황이 안정화될 때까지 이곳에서 지낼 거예요."

"언제 안정화가 되는데요?"

안경 쓴 여자애가 물었다.

"그건, 알 수 없어요. 여러분은 아무 걱정하지 말고, 이제까지 해왔던 것처럼 지내면 돼요."

담임은 아이들에게 지금 처한 상황을 설명했다. 요약하자면, 이곳은 가장 안전한 장소이자 세상을 보존할 곳이다.

스무 개의 국가는 지구의 위험 상황을 예측하여 50여 년 전부터 지하 깊숙이 이 장소를 만들었다. 지구가 폐허가 되었을 때, 다시 지구를 되살릴 수 있는 건 '교육'이다. 그래서 각국에서는 교실을 만든 후, 그곳에 표본이 되는 아이들을 한데 모아 평소처럼 수업을 하면서 지낸다. 아이들은 다시 바깥에서 일상생활이 가능할 때까지 자기 나라의 교육을 받다가, 그것을 대대손손 물려줘야 한다.

"왜 저희가 그걸 해야 하죠?"

"여러분이 가장 모범적인 학생이기 때문이에요. 그런 이유로 학생들이 뽑혔어요. 만약 빠른 시일 내에 안정화가 되어 바깥으로 나간다면, 학생들은 특별 점수를 얻어 원하는 대학 어디든 입학이 가능해요. 그러기 위해선 이곳에서도 전처럼 모범적인 모습을 보여주길 바라요."

담임도 아이들과 똑같은 모양의 태블릿 피시를 가지고 있었는데, 거기에서 알람 소리가 났다. 담임은 잠깐 일이 생겼다며 밖으로 나갔다.

서윤은 다른 세 명을 살폈다. 세 명의 아이는 서윤처럼 멍한 상태다.

"저 말이 진짜일까?"

서윤 옆자리에 앉아 있던 남자아이가 중얼거리듯 말했다.

"지진 났던 거 맞지?"

서윤은 제 의자를 남자아이 쪽으로 끌어 움직이며 물었다.

"응. 이 정도로 심한 건 처음이야."

안경 쓴 여자애도 일어나 서윤과 남자아이 쪽으로 다가왔다. 1년에 한두 차례 진도 4~5도 정도의 지진이 일어났지만, 올해는 그 경우가 잦았다. 최근에는 진도 8도 이상의 지진이 일어나 휴교를 하기도 했다.

"난 김서윤이야."

서윤이 먼저 자기소개를 했고, 나머지 아이들도 이어서 자기 이름을 말했다. 안경 쓰고 키가 작은 여자애는 최주현이고, 서윤 옆자리 남자애는 박성민, 이제까지 한마디도 하지 않은 여자애는 유시아다. 다들 고등학교 1학년으로 나이가 같았다. 아이들은 담임의 말이 맞는지 의심했다.

"혹시 이거, 리얼리티 방송 프로그램 같은 거 아냐?"

성민이 교실 곳곳에 설치된 카메라를 가리키며 말했다. 서윤도 차라리 그게 더 말이 된다는 생각이 들었다. 아이들은 다들 이 상황을 의심했지만, 서윤이 가장 의심스러운 건 다른 거다. 담임은 분명 가장 모범이 되는 아이들을 선발했다고 말했는데, 서윤은 모범과는 거리가 멀어도 한참 멀다. 수업 시간에 엎드려 자기 일쑤고, 과제를 제때 낸 적도 손에 꼽는다. 학교에 가는 가장 큰 목적은 밥을 먹기 위해서다.

아이들끼리 대화를 나누던 중에 태블릿 피시의 알람이 울렸다. 담임에게 단체 메시지가 왔다. 저녁 시간이라며 식당으로 가라고 했다.

"식당은 어디야?"

"몰라. 우선 나가보자."

교실 바깥으로 나간 서윤은 깜짝 놀랐다. 복도에는 다른 나라 아이들이 많다. 동서양 아이들이 전부 섞여 있다. 담임의 말이 진짜인가 보다. 공항에라도 온 듯하다. 서윤과 아이들은 다른 나라 아이들이 향하는 곳으로 따라 걷기 시작했다. 어떻게 해야 할지 잘 모를 때는 많은 사람이 하는 걸 눈치껏 따라 하면 된다.

복도 끝에 계단이 있고, 한 층 내려가니 식당이 나왔다.

"이거 점심이야, 저녁이야?"

서윤의 혼잣말을 들었는지 주현이 벽에 걸린 시계를 가리켰다. 6시인 걸 보면 저녁인 듯하다. 해가 들어오지 않아 도저히 시간을 가늠할 수가 없다. 여긴 지하 몇 미터쯤 되는 걸까. 얼마나 깊이 들어온 걸까. 그리고 얼마나 더 오래 있어야 할까.

각 나라별로 자리를 잡고 앉았다. 서윤의 옆 테이블은 유럽 아이들인 듯했다. 대화하는 것을 듣던 주현은 묻지도 않았는데 프랑스라고 먼저 알려주었다.

저녁 반찬은 토마토 스파게티와 빵 그리고 멸균 우유다. 성민이 포크로 식판 끝을 톡톡 두드리며 한 소리 했다.

"앞으로 계속 이런 것만 먹어야 하나?"

배식할 때 조리실 안을 들여다보니 통조림이 가득했다. 서윤은 통조림 햄이나 통조림 과일을 좋아하는 편이긴 하지만, 매일 그것만 먹으면 좀 질릴 것 같다.

"야, 지금 지구가 초토화됐는데 반찬 투정할 때냐?"

주현이 한심하다는 눈빛으로 성민을 쳐다보았다. 서윤은 아무 말 하지 않고 스파게티를 먹기 시작했다. 기절해 있던 시간이 길었는지 허기가 졌다. 그런데 소스는 싱겁기 그지없고, 스파게티 면은 삶아둔 지 오래되어 입에 넣자마자 씹지도 않았는데 뚝뚝 끊겼다. 머릿속엔 온통 맛없다는 생각만 들었다. 다들 같은 생각인지 꾸역꾸역 음식을 입에 밀어 넣었다.

"왜 안 먹어?"

주현이 시아의 식판을 바라보며 물었다. 시아는 고개를 숙인 채 포크를 식탁 위에 그대로 올려놓고는 가만히 있다.

"다…… 죽었을까?"

시아가 읊조리듯 내뱉은 말에 스파게티가 서윤의 목에 걸렸다.

"모르지 뭐. 진짜 그랬을 수도 있고, 아닐 수도 있고."

주현이 담담하게 말했다. 옆에 있던 성민이 무슨 남 일 말하듯 하냐고 했고, 곧바로 남 일은 남 일이네, 하는 농담을 했다. 하나도 웃기지 않았다.

"우선 먹어. 먹어야 뭐든 하지."

주현의 말에도 시아는 음식을 조금도 먹지 않았다.

식사가 거의 끝나갈 즈음, 담임이 아이들 곁으로 다가왔다. 담임은 아이들에게 따라오라고 했다. 식당에서 한 층 더 내려가자 아이들이 사용할 기숙사가 나왔다. 2인 1실로 서윤은 성민과, 주현은 시아와 함께 방을 사용하면 된다. 방에는 침대만 달랑 두 개 놓여 있다. 화장실과 샤워실은 따로 없고, 공용을 써야 한다. 방 소개가 끝난 후 담임은 개별 면담을 하겠다며 아이들을 불렀다. 서윤은 첫번째 순서였다.

서윤은 담임 방으로 따라 들어갔다. 담임은 계속 고개를 갸우뚱했다.

"이거, 네 사진 맞니?"

담임이 내민 화면에는 재수탱 김서윤이 있다. 그제야 서윤은 자신이 이곳에 오게 된 미스터리를 풀었다. 원래 와야 할 사람은 자신이 아닌 재수탱 김서윤이었나 보다. 서윤은 재수탱 김서윤과 같은 고등학교인 데다가 중학교도 같이 다녔다. 중학교 1학년 때 같은 반이 되었는데, 서윤은 이름도 같고 성까지 같은 김서윤에게 "너도 작명소에서 지었냐?"라고 물은 적이 있다. 서윤이란 이름은 서윤이 태어난 해에 가장 많이 지어진 이름으로 뽑혔다. 몇 번인가 서윤은 같은 이름이 너무 많아 짜증 난다고 엄마에게 푸념했다. 그때마다 엄마는 "그게 제일 좋은 이름이래. 얼마나 비싸게 주고 지은 이름인데"라고 말했다. 서윤은 유치원을 다니면서부터 자신과 이름이 같은 아이들을 아주 많이 만났다. 같은 반에도 남녀 할 것 없이 몇 명씩 있었다. 서윤이 만난 서윤이들도 대부분 작명소에서 지었기에 그 질문을 했을 뿐이다.

그런데 재수탱 김서윤은 인상을 확 쓰며 "내가 너랑 같은 줄 알아? 이거 우리 집 항렬 따라서 할아버지가 귀하게 지은 이름이라고" 하면서 화를 냈다. 재수탱 김서윤은 서윤과 같은 이름인 걸 무척 못마땅하게 여겼다. 사고를 치는 건 서윤이었으니까. 하지만 서윤이야말로 재수탱 김서윤 때문에 비교당하느라 얼마나 짜증이 많이 났는지 모른다. 이름은 같은데 넌 왜 그 모양이니, 라는 말을 지겹도록 들었다.

재수탱 김서윤이 왔어야 할 곳에 대신 오다니. 이 사실을 재수탱 김서윤이 알게 되면 어떤 표정을 지을까. 근데 걔는 살아 있긴 한 걸까.

"흠……"

담임은 곤란한 표정을 지으며 태블릿 피시 속 재수탱 김서윤과 서윤을 번갈아 보았다. 엄마와 아빠도 자주 저 표정을 지었다. 서윤의 성적표를 보거나 서윤이 툭툭 농담을 던지면 저랬다. 초등학생 때는 화를 내거나 혼을 냈지만, 점점 낮은 한숨을 쉬는 거로 바뀌었다. 그때 엄마와 아빠도 '혹시 우리 애가 태어날 때 병원에서 바뀐 게 아닐까' 하는 의심을 했던 걸까.

"이런, 뭔가 착오가 있었나 보다. 뭐 상황이 워낙 긴박했으니까."

담임은 어쨌든 이렇게 오게 된 이상, 서윤이 재수탱 김서윤으로 지내야 한다고 했다. 다만 다른 아이들에게는 비밀로 하는 게 좋겠다면서 말이다.

이곳에서의 생활은 바깥과 별반 다르지 않다. 아침 7시에 일어나 아침밥을 먹고 8시까지 교실로 간다. 0교시 보충 수업을 하고, 1교시부터 7교시까지 계속 수업이 이어진다. 그리고 저녁에는 10시까지 야간 자율 학습을 한다. 담임이 직접 가르치는 과목은 국어고, 나머지 과목은 동영상 강의를 듣는다. 과제도 있고, 심지어 시험도 본다고 했다. 서윤은 지구가 초토화되었는데 이렇게 공부를 하는 게 무슨 의미가 있나 싶었지만, 담임은 그렇기에 해야 한다고 했다. 서윤은 바깥에서 했던 것처럼 수업 시간에 딴짓도 하고 엎드려 자기도 했다. 하지만 나머지 세 명은 허리를 똑바로 펴고 앉아 수업을 들었다. 과제를 하지 않는 건 서윤뿐이다.

담임은 서윤을 불러, 왜 다른 아이들처럼 하지 않느냐고 했다.

"바깥에서 지내던 것과 똑같이 하라면서요."

담임은 한숨을 내쉬며 학교는 단체 생활이니 다른 아이들이 하는 것처럼 비슷하게 하려는 노력이라도 해보라고 했다. 담임의 설교를 듣고 있자니, 여기가 진짜 학교라는 게 실감 났다.

저녁 식사가 끝나고 네 명은 교실로 돌아왔다. 이제 야간 자율 학습 시간이다. 서윤은 슬며시 일어났다.

"너 또 어디 가?"

주현이 고개를 돌려 서윤을 쳐다보았다.

"자습은 자율적으로 하는 거잖아. 나 안 할래."

서윤은 교실 문을 닫고 나와 지하 2층으로 내려갔다. 사실 이곳이 지하 몇 층인지는 모른다. 다만 아이들끼리 교실이 있는 곳을 지하 1층, 식당과 체육관, 과학실, 음악실이 있는 곳을 지하 2층, 기숙사를 지하 3층이라고 부른다. 이곳이 중국 남서쪽에 위치하며, 30년 전부터 짓기 시작해 완공된 건 7년 정도 되었다는 이야기도 떠돌았다.

서윤은 복도에서 마주친 다른 나라 아이들에게 손을 흔들어 인사했다. 같이 수업을 듣진 않지만, 식사 시간이나 하교 후에 종종 마주쳐 대화를 나눈 아이들이 여럿 있다. 하지만 주현과 성민, 시아는 거의 소통을 하지 않았다. 여기 친구 사귀러 온 거 아니지 않느냐며 말이다. 이곳에 머무르는 동안은 학교에서 시키는 대로 학생답게 제 본분에 충실하면 된다고 했다.

음악실 문을 열고 들어갔다. 아무도 없다. 서윤은 피아노 앞에 앉아 오른손 검지로 피아노 건반을 하나 눌렀다. 솔 음이 조용한 음악실에 울려 퍼졌다. 올 때마다 다른 아이들이 있어 치지 못했다. 피아노를 잘 치면 다른 아이들 앞에서도 칠 수 있는데, 그럴 수준이 못 된다. 서윤은 초등학생 때 2년 정도 피아노를 배웠다. 별로 다니고 싶지 않았지만, 엄마는 피아노 악보 정도는 볼 줄 알아야 한다며, 무엇보다 다들 다니는데 서윤만 안 다닐 수 없다며 억지로 보냈다. 남들이 하기에 어쩔 수 없이 해야만 했던 것들이 서윤 인생에 가득이다.

그때는 가기 싫어 매일 짜증을 내며 다녔다. 간신히 기본 연습곡 집을 뗐고, 엄마는 그 정도면 됐다고 했다. 그 후로 피아노를 칠 기회가 없었다. 그런데 여기에 있는 피아노를 보니 한번 쳐보고 싶다는 생각이 들었다.

막상 피아노 앞에 앉긴 앉았지만 칠 줄 아는 게 없다. 도대체 2년 동안 뭘 배웠는지 모르겠다. 손가락으로 건반을 눌러 「엘리제를 위하여」의 앞부분을 연주했다. 학교에서 수업 종으로 쓰이는 음악이다. 고작 생각나는 게 학교 종소리라니. 그러고 보면 가장 기본이 되는 게 학교라는, 이걸 만든 또라이들의 생각이 틀리지 않은 것 같기도 하다.

「젓가락 행진곡」이 떠올라 양손을 건반 위에 올린 다음 두 손가락으로 쳤다. 역시 「젓가락 행진곡」은 명곡이다. 서윤의 귀에도 제법 훌륭하게 들렸다. 신이 난 서윤은 반복해서 「젓가락 행진곡」

을 연주했다. 피아노 소리만 있으면 심심할 것 같아 딴딴딴 입으로 소리를 내기도 했다.

"잘했어, 김서윤. 브라보!"

연주를 끝내고 서윤은 관객 노릇도 했다. 거장의 음악회에 온 것처럼 일어서서 고개까지 절레절레 저으며 힘차게 박수를 쳤다. 그런데 뒤쪽에서 큭, 하는 웃음소리가 들렸다. 고개를 돌려보니 여자애가 서 있다. 다 듣고 있었나 보다. 서윤은 오른 손바닥으로 얼굴을 감쌌다.

"굿, 베리 굿."

서윤은 손을 들어 여자애에게 인사를 했다. 식당에서 몇 번 본 적 있는 스웨덴 아이다. 다른 스웨덴 아이들은 흰색에 가까운 금발인데, 이 여자애만 붉은 머리카락이라 눈에 띄었다. 서윤은 번역기 앱을 눌렀다. 서윤이 "다 들었어?"라고 피시에 대고 말했고, 곧바로 스웨덴어로 "홀드 두 알트Hörde du allt?"라고 나왔다. 여자애도 피시를 꺼내 재밌었다는 말을 전했다. 여자애의 이름은 카린이라고 했다. 서윤이 이름을 말하자 카린이 따라 했는데, 서윤이라는 이름이 발음하기 좀 어려운 듯했다. 서윤은 그냥 윤이라고 부르라고 했다.

한국어▼	↔	스웨덴어▼
		윤, 여기 자주 와?
아냐. 오늘 처음 왔어. 보다시피 내가 피아노를 잘 못 쳐서.		

한국어▼	↔	스웨덴어▼
		자신감은 세계 최고던데.
뭐 내가 그렇긴 하지. 너희는 지금 무슨 시간이야?		
		무슨 시간이긴. 다들 수업 끝나고 쉬고 있잖아.
어, 우린 아닌데.		
		아, 너 한국이구나.

서윤은 그렇다고 고개를 끄덕였다. 한번은 자습하고 있는데, 창문으로 외국 아이들이 한국 교실 안을 들여다봤다. 다른 나라 아이들 사이에 한국 아이들이 밤 10시까지 자습을 한다는 소문이 돌았고, 몇몇은 그걸 두고 진짜냐 아니냐는 내기까지 했다.

한국어▼	↔	스웨덴어▼
		너희는 왜 밤 10시까지 교실에 있어?
몰라, 나도. 그냥…… 다들 그러니까.		

이제까지 서윤은 그 이유를 생각해본 적이 없다.

한국어▼	↔	스웨덴어▼
그러고 나서 우린 밤에 또 학원에 가.		
		거짓말.
진짜야.		

카린은 서윤의 말을 믿지 않았다. 서윤이 농담을 한다고 여기는 것 같았다.

음악실에서 카린과 대화를 나누다가 자율 학습이 끝나는 시간에 맞춰 방으로 돌아왔다. 성민이 먼저 와 있었다.

"오늘은 또 어디 돌아다니다 왔어?"

"그냥 여기저기. 너도 교실에만 있지 말고 좀 움직여."

성민은 교실과 방을 오갈 뿐 다른 장소에는 잘 가지 않는다. 가봐야 다른 나라 아이들만 있다며, 별로 재미없다고 했다.

"너 식당에서 본 빨간 머리 기억나?"

서윤은 오늘 만난 카린에 대해 이야기해주었다.

"말도 안 통하는데 할 말이 그리 많냐?"

"번역기 있잖아."

서윤은 말이 통하는 한국 아이들보다 오히려 말이 통하지 않는 외국 아이들과 대화하는 게 더 편했다. 외국 말은 번역기라도 있지, 한국말끼리는 번역도 안 된다. 수업 시간에 좀 쉬자고 해도 서윤을 제외한 세 명은 듣지 않는다. 지금 이 상황에 공부해서 뭐 하냐고 하면, 아이들은 그럼 공부를 안 하면 뭘 할 거냐고 했다. 주현과 성민, 시아는 바깥 상황을 걱정했다. 이러다 갑자기 지구가 정상화되면, 그간 공부 안 한 손해는 어쩔 거냐며 말이다. 만약 바깥에서 사람들이 무사히 잘 살고 있다면, 살아 있는 아이들은 당연히 공부하고 있을 거라 믿었다. 서윤의 만약과 아이들의 만약은 달랐다.

"우리 언제까지 여기 있어야 할까? 여긴 진짜 학교보다 더 답답한 거 같아."

"그럼 어쩌냐. 이렇게라도 살아야지. 뭐 그래도 난 운이 좋다고 생각해."

성민은 바깥이 폐허가 되었다는 선생님들의 말을 믿었다. 서윤은 은근슬쩍 바깥도 살아갈 만할지 모른다는 말을 했다.

"그러다 나갔는데 아무것도 없으면? 아서라, 김서윤. 괜한 생각 하지 마."

성민은 곧바로 침대에 누웠다.

"안 씻어?"

"피곤해서 그냥 자려고. 내일 새벽에 일어나서 공부해야 해. 다음 주 시험이잖아."

서윤은 고개를 절레절레 저으며 세면도구를 챙겨 들고 밖으로 나왔다.

이곳에 들어온 지 3개월이 지났다. 대부분의 아이들은 여기 생활에 나름대로 적응했다. 서윤은 서윤대로, 나머지 아이들은 나머지 아이들대로 바깥에서 지내던 것과 별반 다르지 않게 지냈다. 한때 바깥과 연결되는 통로가 있다는 소문이 돌았고, 몇몇 다른 나라 아이들이 그걸 찾기 위해 다녔다. 서윤은 귀가 솔깃했지만 주현과 성민, 시아가 다 쓸데없는 짓이라며 괜한 짓 하지 말라고 했다. 바깥이 위험한 상황이라면, 이곳이 훨씬 더 안전하다는 논리다. 하지만 바깥이 괜찮은 상태라면?

수업이 모두 끝난 후 서윤은 일부러 여기저기를 쏘다니며 다른 나라 아이들을 만났다. 정보를 얻기 위해서다. 도저히 1년, 2년, 아니 10년이 지날 때까지 계속 학생으로 지내며 수업이나 받고 있을 수만은 없다.

점심을 먹고 있는데, 식판을 들고 걸어가던 중국 선생님이 픽 하고 쓰러졌다. 정신을 잃은 선생님은 코피를 흘렸다. 다른 선생님들이 쓰러진 선생님을 부축해 식당 밖으로 데리고 나갔다. 벌써 세번째다. 지난주에는 프랑스, 일본 선생님이 코피를 흘리며 쓰러졌다.

"정말 피폭돼서 저런 걸까?"

지진이 일어나 원자력발전소가 폭발했고, 그로 인해 피폭된 상태로 이곳에 온 사람들이 있을 거라는 이야기가 돌았다. 코피를 흘리는 건 피폭의 증거 중 하나다. 이를 두려워한 몇몇 아이들이 선생님들에게 원인이 무엇이냐고 물었지만, 피곤해서 그렇다는 답변만 돌아왔다.

"우리는 괜찮은 걸까? 우리도 피폭된 거 아냐? 우리나라도 원전 있잖아."

성민이 밥을 먹으며 걱정스럽다는 듯 물었다.

"그래도 우린 노출된 시간이 적어서 괜찮을 거야."

주현이 통조림 햄 반찬을 먹으며 담담하게 말했다.

"뭔가 이상하지 않아? 왜 다들 선생님들뿐이야? 왜 우리한테는 증상이 나타나지 않느냐고."

서윤은 쇼가 아닐까 의심이 되었다. 이 모든 게 바깥세상으로 나가려는 아이들을 잠재우려는 것인지도 모른다.

"바깥세상이 멀쩡하다는 소문이 퍼질 때마다 선생님이 쓰러지잖아. 타이밍이 기가 막히지 않냐?"

"닥치고 밥이나 먹어."

주현이 서윤을 노려보며 말했다. 서윤은 알았으니까 그만 째려보라고 했다.

점심을 다 먹은 후 교실로 돌아가는데, 담임의 메시지가 도착했다. 경청회가 있다며 강당으로 모이라는 내용이다. 전체 아이들이 모두 모인 경청회는 방공호에 온 직후와 한 달 전 시시티브이 훼손 사건이 벌어졌을 때, 총 두 번 열렸다. 학교는 시시티브이를 부순 범인을 알지만 처벌하지 않겠다며, 감시가 아닌 보호를 위해 시시티브이를 설치한 거라고 강조했다. 그리고 오늘 세번째 경청회다.

강당에 각 나라별로 모여 앉았다. 서윤은 의자에 앉아 귀에 이어폰을 꼈다. 이 학교의 교장 격인 실버 선생님이 나와 이야기를 하면, 각국 언어로 통역되어 전달된다. 실버 선생님은 여기 선생님 중 가장 나이가 많다. 이름처럼 머리카락 색깔이 은발인 할머니로 일흔 살이 넘었다고 들었다. 실버 선생님이 죽을 때가 되어도 여기에서 나가지 못하는 게 아니냐고 농담 아닌 농담을 하는 아이들도 있었다.

교단에 선 실버 선생님은 흠흠, 하고 헛기침을 한 후 아이들을 죽 훑어보았다. 그러곤 곧 이야기를 시작했다.

"학교에 아주 이상한 이야기가 돌고 있는 듯합니다. 바깥이 멀쩡하다고 믿는 학생들이 있는데, 바깥세상은 조금도 안전하지 않습니다. 바깥으로 나가는 건 탈출하는 게 아니에요, 지옥으로 직행하는 거죠. 한 번 나간 학생들은 절대 이곳으로 다시 들어올 수 없습니다. 여러분은 선택받은 학생이에요. 바깥 상황은 매우 마음 아프지만, 우리가 해야 할 일들을 잊지 마세요. 지구를 재건할 사람은 바로 여러분입니다."

이어폰 너머로 '이스케이프'와 '헬'이란 단어가 귀에 들어왔다. 정말로 실버 선생님은 헬이란 단어를 썼다. 그런 다음 아이들에게 궁금한 걸 물어보라고 했다.

"왜 바깥 상황을 정확히 이야기해주지 않는 건가요?"

중국 여자애가 손을 들고 질문을 했다.

"여러분이 생각하는 것보다 더 상황이 좋지 않습니다. 70퍼센트 이상이 폐허가 되었다고 보면 됩니다."

이전 경청회와 비슷한 질문들이 계속 오갔다. 도대체 언제까지 여기 있어야 하느냐는 것과 이곳은 과연 안전한지에 대해 아이들은 궁금해했다. 실버 선생님도 지난번과 비슷한 답변을 했을 뿐이다. 언제까지 여기에 있을지는 아무도 모르며, 이곳은 100년이 지나도 생활이 가능하도록 물자가 마련되어 있으니 염려 말라는 거였다. 서윤은 100년 후를 떠올렸다. 그때 서윤은 이 세상에 없기도 하겠지만, 그때까지 교실에서 학생 노릇을 하는 건 끔찍하다.

실버 선생님의 원론적인 답변에 아이들의 질문은 시들해졌다. 경청회가 거의 끝나가는 분위기다.

"저기요."

서윤이 손을 들었다. 실버 선생님이 질문하라는 눈짓을 줬다.

"나가고 싶은 학생들은 나갈 수 있게 해줘야 하지 않나요? 강제로 여기 있어야 하는 건 아니죠?"

서윤의 통역된 말을 들은 실버 선생님의 얼굴이 일그러졌다.

"학생은 제 말을 이해하지 못했나 보군요. 이곳은 학생들을 보호하기 위해 만들어진 곳입니다. 이곳만큼 안전한 곳은 세상 어디에도 없습니다!"

실버 선생님은 강한 어조로 말했다. 세이프, 세이프, 정말 지겹다. 서윤은 저도 모르게 마이크를 켠 채 "씨발"이라고 말했고, 그 말은 곧바로 "픽!"으로 통역되어 강당 전체로 퍼졌다. 몇몇 아이가 웃음을 터뜨려 실버 선생님이 조용히 하라고 주의를 주었다.

경청회가 끝난 후 아이들은 각자의 교실로 돌아갔다.

"정말 바깥이 괜찮다고 믿는 거야?"

시아가 서윤에게 다가와 조용히 물었다. 서윤은 걷는 속도를 늦췄다. 주현이 들으면 또 한마디 할 거다.

"모르겠어. 진짜 선생들 말이 맞는지 아닌지. 그냥 난 여기에 계속 있는 게 무슨 의미가 있을까 싶을 뿐이야."

갑자기 앞에서 걷고 있던 주현이 몸을 홱 돌려 서윤과 시아 쪽으로 다가왔다. 그러더니 서윤을 한 번 째려보고는 시아의 팔을 잡아채 데리고 갔다. 성민은 제발 작작 좀 하라고 했다. 주현은 요즘 서윤을 무척 못마땅하게 여기고 있다.

수업이 모두 끝난 후, 음악실에서 카린을 만났다. 둘은 피아노 의자에 나란히 앉아 피아노를 치는 시늉을 했다. 선생님들의 감시를 피하기 위해서다. 카린은 독일 아이들이 바깥으로 나가는 통로를 찾고 있다는 소식을 알려주었다. 서윤은 귀가 솔깃했다.

한국어▼	↔	스웨덴어▼
독일 애들은 문을 찾으면 나갈 거래?		
		모르겠어. 윤, 너는 나가고 싶어?
그러고 싶기도 하고, 아니기도 하고.		

카린은 어떤 걸 믿어야 할지 모르겠다는 말만 반복했다. 그건 서윤도 마찬가지다.

아침 식사가 끝난 후 한국 아이들과 함께 교실로 돌아가고 있는데, 카린이 서윤의 옆으로 다가왔다.

한국어▼	↔	스웨덴어▼
	알렉스가 너와 만나고 싶대. 지금 잠깐 괜찮아?	

서윤은 좋다고 고개를 끄덕였다. 알렉스라면 지난번 시시티브이를 깨뜨린 독일 아이다. 만난 적은 없지만, 카린에게 알렉스 이야기를 몇 번 들었다. 1교시 수업 시작까지 15분 정도 시간이 있다.

서윤은 슬그머니 한국 아이들에게서 멀어져 교실로 들어가지 않고 카린과 함께 휴게실로 갔다. 소파에는 갈색 머리의 여자아이가 앉아 있다.

한국어▼	↔	독일어▼
		반가워, 윤. 난 알렉스야.

알렉스가 오른손을 내밀어 악수를 청했고, 서윤은 알렉스의 손을 맞잡았다.

한국어▼	↔	독일어▼
알렉스라고 해서 남자아인 줄 알았어.		
		풀네임은 알렉산드라인데, 다들 알렉스라고 불러.
		바깥에 나가는 데 관심 있어?

알렉스는 돌리지 않고 곧바로 말했다. 서윤은 고개를 끄덕였다.

한국어▼	↔	독일어▼
바깥 상황에 대해 뭔가 아는 게 있는 거야?		
		아니.

알렉스의 대답을 듣고 서윤은 실망했다.

한국어▼	↔	독일어▼
	도서관 책장 중 하나가 뒤로 밀려.	
	그 뒤로 나가면 바깥으로 나가는 문이 있는 것 같아.	

알렉스는 함께 나갈 아이들을 찾는 중이라고 했다. 계획에 동참할 아이가 서너 명 더 있다고 알려주었다.

한국어▼	↔	독일어▼
	하지만 다 같이 모이지는 못할 것 같아.	
그렇겠다. 의심을 피해야 하니까.		

서윤은 이해한다고 말했다. 다른 나라 아이들이 세 명 이상 모여 있으면, 선생님이 어디선가 보고 있다가 쓰윽 끼어들었다.

수업이 시작할 때가 되어 휴게실에서 나왔다. 서윤이 교실로 들어서자 주현이 앞을 막아섰다.

"어디 갔다 왔어?"

"휴게실에."

서윤은 주현을 피해 책상에 가 앉았다. 그런데 주현이 서윤을 따라왔다.

"알렉스인가 뭔가 하는 애 만나고 온 거지?"

서윤은 아무 대꾸도 하지 않았다. 아니, 라는 거짓말은 하고 싶지 않았다.

"걔랑 놀지 마. 난 우리나라 애가 문제 일으키는 거 싫어. 그러
니까 앞으로 행동 조심해줘."

서윤은 어이없다는 듯 주현을 쳐다보았다. 주현도 서윤의 표정
을 읽었는지 "왜?"라고 물었다.

"우리가 올림픽 나왔냐? 여기가 국가 대항전이야?"

1교시 수업 종이 울렸고, 주현은 하여튼 조심하라는 말을 남기
고 제자리로 돌아갔다. 가만 보면 주현은 실버 선생님과 닮았다.

한창 수학 수업 중이다. 서윤은 집중해서 동영상 강의를 듣고
있는 주현과 성민, 시아가 신기하기만 하다. 뭐 아주 가끔 서윤도
수업을 듣기는 한다. 정규 수업 시간에는 교실에 있는 것이 원칙
이고, 엎드려도 잠이 안 올 때가 있으니까.

오늘도 잠이 안 온다. 딴짓할 것도 마땅찮다. 멍하니 앉아 있기
도 뭐해 다른 아이들처럼 고개를 들어 화면을 바라보았다. 어쩌
면 저 아이들도 할 일이 없어 수업을 듣고 있는 게 아닌가 싶기도
하다.

화면 속 선생님이 풀고 있는 문제를 보고 있는데, 갑자기 애앵
거리며 경고음이 울렸다. 모든 학생은 교실 안에 앉아 꼼짝하지
말라는 방송이 나왔다. 아이들이 웅성거리기 시작했다. 도대체 무
슨 일이 생긴 걸까? 서윤은 문을 열고 복도로 나갔다. 달리고 있
는 카린이 보였다.

"왓츠 업?"

카린은 다급하게 손가락으로 앞쪽을 가리키며 도서관 문이 열린 것 같다는 말을 했다.

"라이트 나우!"

앞쪽에서 알렉스가 소리치는 게 들렸다.

서윤은 교실 안으로 들어와 아이들에게 문이 열렸다는 것을 전해주었다.

"우리도 가자!"

주현은 제자리에 앉아 자세를 바로하고는 다시 수업을 듣기 시작했다. 성민은 망설이다가 다시 자리에 앉았다.

서윤이 교실 문을 열고 나오는데, 시아가 따라 나왔다.

"나도 같이 가."

서윤은 시아와 함께 도서관 쪽으로 달렸다.

도서관 입구에서 선생님들이 막아섰지만, 아이들의 힘을 당해내지 못했다. 서윤도 자신을 붙잡는 담임을 밀어내고 도서관으로 들어갔다. 양쪽으로 열린 책장이 보였다. 서윤과 시아는 손을 맞잡은 채 아이들을 따라 그쪽으로 달려갔다. 위로 향하는 계단이 나왔고 아이들은 계속해서 그 계단을 오르고 또 올랐다.

마침내 계단 끝에 오르니 문이 열려 있다. 문틈 사이로 한줄기 빛이 들어왔다. 얼마 만에 보는 빛인가. 아이들 뒤로 실버 선생님이 따라와 소리를 질렀다.

"너희들이 나가고 난 후 문을 닫을 거다. 우리는 다시 이 문을 열어주지 않을 거야."

그 말에 몇몇 아이가 멈칫했다. 시아가 서윤의 손을 놓았다.

"난, 난 안 갈래."

시아가 고개를 가로저으며 말했다. 먼저 밖으로 나간 카린과 알렉스가 서윤에게 빨리 오라며 손짓했다. 서윤은 잠시 망설였다. 문이 열렸지만 바깥으로 나간 아이들은 다섯 명도 채 되지 않았다. 실버 선생님의 경고를 듣고 다들 문 앞에 멈춰 서 있다. 여길 나가는 건 탈출일까, 죽음일까.

서윤은 숨을 길게 내쉰 후 빛을 향해 발을 내디뎠다.

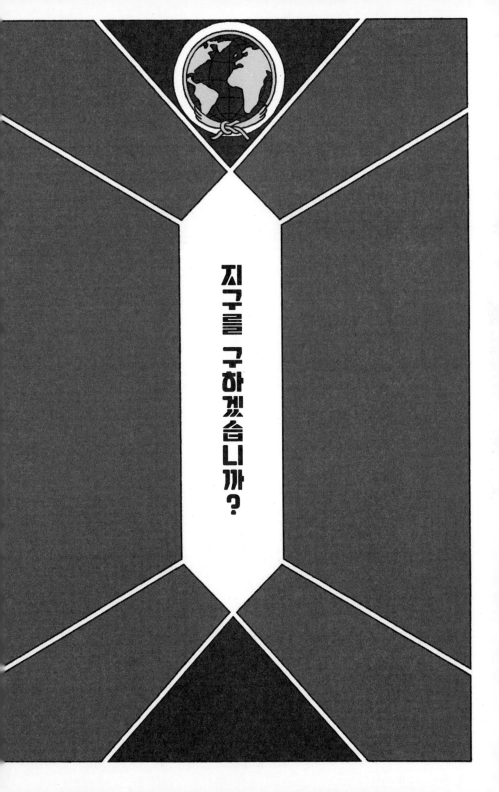

D-6. 주머니 속 카드

교복 치마 주머니 안에 손을 넣었다. 네모나고 얇은 플라스틱이 만져진다. 교통카드 크기만 한 투명한 플라스틱 안에 카드가 한 장 들어 있는데, 거기엔 동그란 버튼 두 개가 살짝 튀어나와 있다. 하나는 파란색, 하나는 빨간색. 파란색 버튼 위에는 O표가, 빨간색 버튼 위에는 X표가 그려져 있다. 주머니 안에 있어서 어떤 쪽이 파란색이고 빨간색인지 알 수 없다. 학교 근처에서 서성이다가 교문이 닫히기 바로 직전에 정문을 통과했다. 최대한 고개를 숙인 채 교실을 향해 걸어갔다. 이런다고 아이들이 못 알아보는 건 아니지만, 그나마 눈에 덜 띌 수 있다.

교실 문을 열었을 때 한소영이 문 앞에 서 있었다. 바깥에 나가려는 길인가 본데, 날 보더니 흠칫 놀라면서 한 발짝 뒤로 물러선다. 반사작용이다. 눈앞에 무언가가 날아오면 눈을 감고, 뜨거운

걸 만지면 얼른 손을 떼는 것처럼 나를 보면 아이들은 우선 피하고 본다. 나는 한소영이 나갈 수 있도록 비켜섰다. 그러나 한소영은 이미 제자리로 돌아가버린 후다.

내 자리인 4분단 맨 뒷자리에 앉았다.

"아, 진짜 싫어. 왜 쟤랑 같은 반인 거야?"

"양심도 없나 봐. 나 같으면 전학이라도 가겠다."

"양심 있는 애가 그런 짓을 했겠니?"

옆 분단에 있는 이소민과 박미나가 말하는 게 다 들렸다. 고개를 돌리지 않아도 저 아이들이 누구를 바라보며 말을 내뱉고 있는지 알 수 있다. 둘은 새롬의 수하 노릇을 한다. 우리 반 아이들은 두 종류로 나눌 수 있다. 새롬과 함께 몰려다니면서 나만 보면 못 잡아먹어 안달인 미어캣들과, 아까 한소영처럼 날 바이러스 취급하면서 상종하지 않는 WHO(세계 보건 기구)에서 나온 파견꾼들. 이건 우리 교실에만 해당되는 이야기가 아니다. 교실 문을 열고 나서면 수많은 한소영이 있다.

나는 왕따, 아니 전교생이 따돌리는 전따다. 여자아이들 사이에서 절대 해서는 안 되는, 친구 남친에게 침을 흘렸다는 이유로 한순간에 전따가 되어버렸다. 하지만 그건 명백한 오해다. 나는 절대 새롬의 남친인 우재에게 어떤 제스처도 취하지 않았다. 무엇보다 우재는 전혀 내 스타일이 아니다. 설사 내 스타일이었다 하더라도, 친구 남친을 빼앗는 치사한 일 따윈 하지 않았을 거다.

박우재는 새롬에게 이별 통보를 했고, 새롬은 그걸 모두 내 탓으로 돌렸다. 우재 휴대전화에 저장된 내 사진(우재가 나 몰래 찍은 거다)과 나와 박우재가 함께 있는 걸 봤다는 몇몇 아이의 증언 때문이다. 노래방에서 박우재가 날 따라 나오며 내 팔을 일방적으로 잡긴 했지만, 난 할 말 없다며 딱 잘랐다.

"다 내 잘못이지 뭐. 너희들이 김재인 조심하라고 했을 때 알아봤어야 했는데. 난 쟤가 착한 척, 순진한 척하기에 깜박 속을 수밖에 없었어."

새롬은 몇 날 며칠을 학교에서 울었고, 미어캣들은 나를 노려보았다. 내가 아무리 아니라고 해도 새롬은 내 말을 조금도 믿어주지 않았다. 새롬은 내가 보낸 메시지와 메일을 확인조차 하지 않았다. 아예 날 차단해놓은 듯했다. 학교에서 말을 걸려고 해도 다른 아이들에게 둘러싸여 있기에 그럴 수 없었다. 새롬 주위의 인간 성벽은 아주 견고하고 단단했다.

새 학기 초, 새롬과는 첫 짝꿍이 되면서 친해졌다. 아이돌 가수를 꿈꾸는 새롬은 삼촌이 방송국 피디인 걸 알고는 혹시 소개해줄 수 있는 기획사가 없느냐고 했다. 삼촌 지인이 하는 기획사를 소개해주었지만 잘되지는 않았다. 나는 진심으로 새롬이 가수가 되길 바랐다. 새롬은 오디션에서 떨어질 때면 내 무릎에 얼굴을 묻고 울었다. 그럴 때 새롬은 작은 아기 새 같았다. 나는 새롬의 등을 쓰다듬어주고 또 쓰다듬어주었다. 예쁘고, 노래도 잘하고, 공부도 잘하는 새롬은 누구에게나 인기가 좋았다. 3학년 아이들뿐만 아니라 1, 2학년 후배들도 새롬을 좋아했고 선생님들도 그랬다. 새롬은 항상 자신만만하고 부족한 게 없는 아이다. 그런 새롬이 내 앞에서는 무장 해제되었다. 그래서 나도 새롬에게 마음속 깊이 숨겨둔 말들을 모두 털어놓았다.

아침 독서 시간 종료를 알리는 종소리가 울렸다. 나는 미어캣들을 피해 재빠르게 교실 문을 열고 나갔다. 쉬는 시간이 되면 자유자재로 움직일 수 있는 미어캣들이 나를 사냥하러 올 거다.

복도 끝에 있는 과학실 옆 계단에 앉았다. 여긴 아이들이 잘 지나다니지 않는다. 주머니에서 카드를 꺼냈다. 어제는 분명 'D-7'이라는 글자가 투명한 카드 위에 깜박였는데, 오늘은 'D-6'이라고 숫자가 바뀌어 있다. 정말 이 카드는 진짜일까?

어제 학교 수업이 끝난 후 집에 가는데 한 여자가 말을 걸었다.

"김재인, 16세, 호윤여중 3학년, 맞죠?"

몸매가 다 드러날 정도로 딱 달라붙는 검정색 원피스를 입은 여자는 눈썹과 쌍꺼풀이 무척 진했다. 인도 쪽에서 온 외국인 같았는데 한국말을 아주 능숙하게 했다. 무시하고 길을 걷는 나를 여자가 계속 따라왔다. 여자는 내가 사는 곳, 부모님 이름과 신분 등 내 신상에 대해 줄줄 읊었다. 엄마와 관련된 사람인가 싶어 잔뜩 긴장한 내게 여자는 이해 못 할 소리를 했다.

"재인 양이 지구 연장 결정자로 선택되었어요."

이건 또 무슨 헛소리인가. 신종 도를 아십니까인가 하고 도망치듯 걷는데, 여자가 앞을 막아섰다.

"멈춰요."

여자의 말에 내 몸이 그대로 길바닥에 붙었다. 아무리 움직이려 해도 한 발짝도 움직일 수 없었다.

"재인 양은 내 이야기를 들어야 해요. 결정자니까요. 날 따라와요."

여자의 말이 끝나자마자 굳었던 몸이 풀렸다. 하지만 마음대로 몸을 움직일 수 없었다. 내 의지와는 상관없이 나는 여자를 따라가고 있었다.

여자가 날 데리고 간 곳은 집 근처에 있는 카페였다. 사람이 늘 많아 빈자리가 없는 곳이었는데, 여자와 내가 들어서자 갑자기 사람들이 우르르 일어나 카페를 나갔다. 카페 중간에 자리를 잡고 앉았다. 카페에는 손님이 우리 둘뿐이었다.

여자는 내게 명함을 주었다. 거기에는 지구생명결정센터 아시아 권역 팀장 '수이드'라고 적혀 있었다.

"이걸 다른 사람들한테 보여줘도 소용없어요. 이건 재인 양 눈에만 보여요."

집으로 돌아와 여자의 말을 시험하기 위해 일부러 명함을 아빠 눈에 띄는 곳에 두었다. 하지만 아빠는 보지 못했다. 명함은 휴대전화 카메라로도 찍히지 않았다.

"과거의 예언자들이 이야기한 지구 종말론을 들어본 적 있죠? 그건 다 진짜였어요. 다만, 그때마다 지구의 생존을 결정하는 건 지구에 사는 사람들이에요."

수이드 말에 따르면, 종말론이 있던 시기마다 지구생명결정센터에서 무작위로 선정한 전 세계 99명의 사람이 지구 생명을 연장할지 말지를 투표했다고 한다. 그리고 이번 결정자로 내가 선정되었단다. 올해 여름, 마야인이 예언한 지구 종말론에 대해 들어본 적이 있긴 하다.

수이드는 내게 플라스틱 상자 안에 담긴 카드를 주며, 이게 바로 결정 카드라고 했다. O 표시가 되어 있는 파란색은 지구 연장 선택 버튼이고, X 표시가 되어 있는 빨간색은 연장 반대 버튼이다. 내가 왜 이 미친 사람의 말을 듣고 있어야 하는지 스스로가 이해되지 않았지만, 난 수이드가 건네준 버튼 카드를 두 손으로 공손히 받았다. 절대 내 의지가 아니었다.

수이드는 궁금한 게 있으면 무엇이든 물어보라고 했다.

"연장 반대를 한 사람이 더 많으면 정말로 지구가 종말하나요?"

"당연하죠. 투표가 다 끝나면, 집계 결과에 따라 곧바로 진행이 될 거예요."

이제까지 보았던 재난 영화들이 떠올랐다. 지진, 화산 폭발, 해일, 다른 행성과의 충돌 등 무수한 재난 영화가 있다. 영화 속에서 주인공은 살아남았다. 하지만 현실에서 그건 불가능하다. 지구가 종말하면 다 같이 끝이다. 혹시 반대가 더 많을 경우 어떤 식으로 지구 종말이 진행되느냐고 물었지만, 수이드는 그건 기밀이라 알려줄 수 없다고 했다.

"예전에는 연장을 결정한 사람의 수가 압도적으로 높았는데, 최근 100년 동안은 비율이 비슷해요. 그래서 한 사람, 한 사람의 선택이 아주 중요하죠. 일주일 안에 결정해서 버튼을 눌러요. 참, 이건 누구에게도 말할 수 없을 거예요. 제 말이 무슨 뜻인지는 곧 알게 될 거예요."

수이드가 먼저 일어섰다. 수이드가 나가자, 카페에 손님이 다시 들어오기 시작했고 주변이 다시 웅성거렸다. 수이드와 함께한 시간은 고작 10여 분 정도다.

수이드와 헤어진 후 휴대전화를 꺼내 112에 신고를 하려고 했다. 하지만 손이 움직이지 않았다. 인터넷 검색창에 명함에 적힌 문구를 치려고 했지만(사기꾼이라면 누군가가 인터넷에 당했다는 정보를 올렸을 테니), 역시 손이 움직이지 않았다. 수이드가 말한 게 이런 뜻이었나?

카드를 들여다보고 있는데 조회 시작을 알리는 종소리가 울렸다. 얼른 주머니에 카드를 넣고 교실로 향했다.

수업이 모두 끝난 후 동아리 교실로 갔다. 내일모레는 2주에 한 번 있는 동아리 활동 날이다. 그날은 4교시까지만 수업을 하고 5, 6교시는 동아리 모임을 하는데, 이번엔 무슨 일인지 전달 사항이 있다며 미리 모이라고 했다.

문 옆에 있는 맨 뒷자리 끝에 홀로 자리를 잡고 앉았다. 담당 선생님이 들어오기를 기다리며 책상에 엎드려 있는데, 옆자리 의자가 바닥에 끌리는 소리가 들렸다.

"아, 한참 찾았네. 이 학교는 왜 이렇게 복잡한 거야."

고개를 들어 옆자리에 앉은 여자애를 바라보았다. 처음 보는 여자애다. 머리카락이 좀 많이 구불거렸는데, 파마한 게 아니라 원래가 곱슬인 듯했다. 파마라면 저 모양으로 했을 것 같지 않다.

"여기 일어 회화반 맞지?"

내가 대답을 하지 않자 다시 한번 여자애가 물었다. 난 그렇다고 고개를 끄덕였다.

잠시 후 담당 선생님이 교실 문을 열고 들어왔다.

"내일모레 우린 영화 볼 거다."

선생님의 말이 끝나자마자 아이들이 우우 하고 소리쳤다. 말만 일어 회화반이지 선생님은 일어 회화를 가르쳐주지 않는다. 소문에 따르면, 선생님도 일어를 잘 모른다고 했다. 동아리 시간에 주로 하는 건 일본 영화나 애니메이션 보기다. 한 학기 내내 교실에서 그것만 했다. 다른 동아리는 바깥으로 나가거나 다양한 행사를 하는데, 여긴 매번 영상만 보여주니 싫어하는 아이들이 꽤 있었다. 또 영화를 볼 거라는 이야기에 아이들은 화가 난 듯하다.

"얘들이 왜 이래? 이번엔 교실에서 안 볼 거야. 영화관에서 볼 거라고."

아이들이 정말이냐고 물었다. 선생님은 일본 영화를 예매해두었다며, 2시까지 영화관 앞에서 만나자고 했다. 아이들은 뭐가 그리 좋은지 아싸, 대박, 하고 소리를 질렀다.

선생님이 교실을 나갔고, 나는 아이들이 나가기를 기다렸다. 제일 먼저 못 나갈 바에는 제일 늦게 나가는 게 좋다. 시간을 때우려고 휴대전화를 꺼냈다. 인터넷 창을 열어 이것저것 클릭하고 있는데, 옆자리 여자애가 그대로 앉아 있다. 난 신경 쓰지 않은 채 계속 인터넷만 했다.

한참을 기다렸지만 여자애는 나갈 생각을 하지 않았다. 이제 아이들이 대부분 하교했을 시간이다. 여자애가 갈 때까지 하염없이 기다릴 수만은 없다. 나는 가방을 홱 집어 든 후 교실을 나섰다. 내 뒤를 따라오는 발소리가 들렸다. 쟤도 이제 집에 가는 길인가 보다.

"저 집 라면 맛있어?"

어느새 여자애는 내 옆에서 애매하게 걷고 있었다. 나와 같이 걷는 것도 아니고, 그렇다고 함께 걷지 않는 것도 아닌 어정쩡한 거리다. 어쨌든 여자애가 가리킨 건 학교 앞 분식집이다.

"몰라. 안 먹어봤어."

"왜에?"

여자애의 물음에 뭐라고 대답을 해야 할지 모르겠다. 여자애는 마치 모든 학생이 다 하는 일을 내가 하지 않았다는 취급이다.

"맛 어떤가 무지 궁금한데."

라면 맛을 궁금해하는 애는 처음 본다. 떡볶이도 아니고 분식집 라면 맛은 다 거기서 거기다. 분식집 앞에 있는 정류장에 섰다. 여자애도 버스를 타려는지 계속 내 옆에 서 있다. 집으로 가는 버스가 도착했다. 아주 잠깐 여자애에게 인사를 해야 하는 게 아닌가 싶었지만, 그럴 필요는 없었다. 우연히 여기까지 같이 온 것뿐이다. 나는 아무 말도 하지 않고 먼저 버스에 올라탔다. 인사를 하지 않길 백번 잘한 것 같다. 여자애도 내게 아무런 인사를 건네지 않았으니까. 외려 내가 인사를 했으면 이상한 사람이 될 뻔했다.

집에 도착하자마자 거실과 주방 그리고 방의 불을 다 켰다. 아직 해가 지지 않았지만, 금방 어두워질 거다. 어두운 집 안에 혼자 있으면 무섭다. 불이라도 켜 있으면 조금 낫다. 아빠는 오늘도 늦겠지. 평일에 아빠와 함께 저녁을 먹은 적이 손에 꼽을 정도다. 요즘은 회사 사정이 어려워져서 아빠가 더 바빠졌다.

창밖으로 해가 지는 게 보인다. 하늘이 주황색으로 물들더니 금세 까맣게 변했다. 배가 고파 주방으로 들어갔다. 냉장고 안에 어제저녁에 만들어 먹은 볶음밥이 남아 있다. 냉장고 문을 닫고 싱크대에서 라면을 꺼냈다. 생각해보니 바깥에서 라면을 사 먹은 일이 거의 없다. 혼자 집에 있을 때 워낙 자주 먹다 보니, 바깥에서까지 먹고 싶지 않다. 나는 가스레인지 앞에 서서 라면 물이 끓기를 기다렸다.

D-4. 왜 하필 나야

영화는 재미없었다. 친구들에게 왕따를 당하던 여학생이 결국 자살로 생을 마감한다는 이야기인데, 예고편을 찾아보니 실화를 바탕으로 만들었다고 했다. 영화 마지막에 여주인공이 죽는 장면에서 함께 본 아이들은 엄청 울었다. 하지만 난 눈물 한 방울 나지 않았다. 내가 사이코패스인가 뭔가 그런 건가? 아니다. 진짜 사이코패스는 저 아이들이다. 왕따당해 죽은 여주인공이 불쌍하다며 눈물 흘리면서, 돌아서서는 태연하게 남을 왕따시키는 게 훨씬 더 이상하다.

"아, 영화 더럽게 재미없네. 재밌는 것 좀 보여주지."

영화가 끝난 후 옆자리에 앉아 있던 전학생 여자애가 말했다.

영화관에서 나와 선생님은 출석 체크를 다시 한번 했다. 영화를 보는 도중에 혹여 도망가는 아이들이 있을까 봐서다. 선생님은 돌아다니지 말고 일찍 집으로 가라고 했다.

난 아이들과 함께 가지 않으려고 엘리베이터를 타는 대신 에스컬레이터를 찾았다. 11층에서부터 에스컬레이터를 타고 계속 내려오는데 배가 고팠다. 미어캣들에게 부딪혀 식판이 엎어지는 바람에 점심을 먹지 못했다. 아무래도 뭘 좀 먹어야 할 것 같다.

3층 식당가에서 멈췄다. 샤브샤브나 찜닭은 혼자 먹기 좀 그렇다. '일본 라면 전문점' 간판이 걸려 있는 음식점이 보였다. 아무래도 저기가 좋겠다.

식당은 손님들로 꽉 차 있다. 오후 4시밖에 안 됐는데 무슨 손님이 이리 많은지 모르겠다. 한 테이블에서 손님 두 명이 일어섰다. 점원이 그곳을 가리키며 저기 앉으면 된다고 했다.

자리에 앉은 후 메뉴판을 받았다. 도통 뭐가 뭔지 모르겠다. 라면 이름도 낯선데, 라면 굵기나 소스 양, 국물 종류 등 일일이 다

골라야 하나 보다. 왜 이리 복잡한 걸까. 어떻게 주문해야 좋을지 몰라 설명을 읽어보고 있는데, 내 앞자리에 누군가가 쓱 앉았다.

"나, 같이 먹어도 되지?"

전학생 여자애다.

"줄 서서 기다리려고 하는데 네가 보이더라고."

어느새 바깥에는 줄이 길게 서 있다. 이미 앉은 아이를 가라고 할 수도 없다.

"난 소유로 먹어야겠다. 넌?"

소유가 뭔지 메뉴판을 보니 간장 소스라고 적혀 있다.

"나도 같은 거로."

"면발은?"

"응?"

"굵기는 어떻게 할 거야? 난 얇은 면으로 먹을래. 넌?"

"나도."

전학생이 하는 것과 똑같이 해달라고 했다. 전학생은 여러 번 먹어본 듯했다.

"오호호. 여기 제대로인가 봐. 기대된다."

전학생은 오른손엔 젓가락, 왼손엔 숟가락을 꽉 움켜쥔 채 인디언들이 낼 법한 소리를 냈다.

잠시 후 주문한 음식이 나왔다. 국물 색깔이 누리끼리한 게 좀 이상하다. 라면 위엔 냉면이나 쫄면도 아닌데 삶은 계란 반 개가 올려져 있다. 그런데 계란도 좀 특이하다. 계란 노른자가 익지도 않은, 그렇다고 안 익었다고 할 수도 없는 상태다.

전학생은 먼저 국물을 한 숟가락 떠먹었다.

"역시! 여기 오길 잘했어!"

전학생은 이보다 더 행복할 수 없다는 듯 두 눈을 꼭 감은 채 콧구멍을 벌름거렸다. 나도 전학생이 하는 것처럼 국물을 한 숟가락 떠먹었다. 흠, 뭔가 맛이 독특하다. 곰국에 간장을 푼 듯한데, 뭐라고 설명할 수 없는 미묘한 맛이다. 면도 한 젓가락 먹었다. 그냥 국수 면이다. 배가 고파 먹긴 하지만, 전학생이 왜 감탄하는지 이해가 가지 않는다.

"이 집, 맛있는 거야?"

"그럼! 이건 인스턴트 국물이 아니라니까. 그리고 이 계란 봐봐. 완벽한 반숙이잖아. 완숙 계란 주는 식당은 가짜야, 가짜."

전학생은 젓가락을 이용해 계란을 숟가락으로 옮긴 후, 그걸 한입에 쏘옥 넣었다.

"난 대학생 되면 알바해서 꼭 일본 여행 갈 거야. 라면도 맨날 먹고, 온천도 하고, 디즈니랜드도 가야지."

"별거 없는데."

나도 모르게 그 말이 튀어나왔다.

"너 일본 가봤어?"

"어? 어."

"우아! 대박! 대단해!"

전학생은 내가 화성이나 금성에 다녀온 것처럼 호들갑을 떨었다. 일본에 갔던 건 벌써 6년도 훨씬 지난 일이다. 초등학교 3학년 때, 엄마 아빠와 나는 처음이자 마지막으로 해외로 가족 여행을 다녀왔다. 그때만 하더라도 엄마와 아빠가 이혼할 줄은 꿈에도 몰랐다.

"일본에서 먹는 라면 맛은 어때? 엄청 끝내주지?"

"라면은 안 먹었어. 나 일본 라면 처음 먹어봐."

"정말? 이 맛있는 걸 처음 먹어본다고? 맙소사."

전학생은 일본 라면을 너무 좋아해서 일본을 좋아하게 되었다고 했다. 내가 묻지도 않았는데, 자신이 좋아하는 일본 애니와 드라마, 배우에 대해 줄줄이 늘어놓았다. 다 처음 들어본다.

"서울로 전학 와서 좋은 건 대전보다 맛있는 일본 라면 가게가 훨씬 많다는 거야. 전부 다 가볼 거야."

전학생은 일주일 전에 전학을 왔으며, 자신의 이름은 정유미라고 했다. 나도 이름을 말해야 하는 건가 싶었는데, 유미가 먼저 "넌 김재인이지?" 하고 물었다. 벌써 나에 대한 소문을 들은 걸까.

"아까 선생님이 출석 부를 때 들었어."

조금 안심이 됐다.

"난 키르아보단 곤을 더 좋아해."

맥락 없는 유미의 말에 나는 눈만 깜박이며 유미를 바라보았다. 키르아는 뭐고, 곤은 또 뭐지?

"너, 키르아 좋아하는 거 아냐?"

"그게 누군데?"

"네 필통."

"아."

얼마 전에 필통을 잃어버렸다가 찾았다. 필통은 화장실 쓰레기통에서 발견되었고, 다시 쓰는 게 곤란해 서랍에 처박아두었던 걸 꺼내 쓰는 중이다. 예전에 일본 여행 갔을 때 사은품으로 받았던 거다.

"너도 「헌터 X 헌터」 팬인 줄 알았어. 난 그 만화 엄청 좋아하거든. 혼자 착각했네. 흐흐. 창피해라."

유미는 일본 드라마에 나오는 사람처럼 과장된 목소리와 행동을 취했다. 일본 드라마를 엄청 많이 보긴 했나 보다. 전에 몇 번 일본 드라마를 본 적 있는데, 거기 나오는 인물들은 방청객들처럼 엄청 잘 놀라고 감탄도 잘했다. 에에~, 오오~ 하는 추임새도 쉴 새 없이 넣었다.

라면을 다 먹은 후 자리에서 일어섰다. 계산대에 서서 지갑을 열어보던 유미가 으앗! 하고 소리를 질렀다.

"오늘 학급비 내서 돈이 2천 원밖에 없어. 완전 깜박했네."

"내가 낼게."

지갑에서 돈을 꺼내 유미 것까지 계산했다.

"미안해. 내가 학교에서 꼭 갚을게."

"괜찮아."

"그럼 내가 다음에 쏠게! 가게에서 너 안 만났으면 큰일 날 뻔했어."

헤어지기 전 유미는 내 휴대전화 번호를 물었다. 알려주자 곧바로 내게 전화를 걸었다. 액정에 열한 개의 숫자가 떴다. 유미는 내 번호를 저장하는 듯했지만 나는 저장하지 않았다. 어차피 저 애는 나한테 연락하지 않을 거다. 아직은 내가 누군지 모르니까 저러는 것뿐이다.

주머니에 휴대전화를 집어넣는데 그 안에 수이드에게 받은 카드가 있다. 왜 하필 내가 결정자로 선택되었는지 모르겠다. 이제 디데이가 며칠 남지 않았다.

너무 찝찝하다. 만약 내가 아무 선택도 하지 않으면 어떻게 될까? 한쪽으로 결정이 몰리면, 나 한 명쯤은 기권해도 상관없겠지. 그리 생각하니 마음이 조금 가벼워진다. 주머니에서 손을 뺀 후 집을 향해 걸었다.

아까 라면 국물을 너무 많이 먹었나 보다. 입이 계속 짜다. 주방에 가서 물을 마시고 방으로 돌아오자, 휴대전화에 메시지가 여러 개 떠 있다. 누구지? 메시지를 눌렀더니, 단체방으로 연결되었다. 새 메시지가 계속 떠서 무슨 내용인지 알아볼 수가 없다. 맨 위로 올렸다. 대화 내용은 없고, 인터넷 링크 주소와 캡처된 사진이 대부분이다. 뭔가 싶어 링크 주소를 클릭했다. 소문의 A라는 닉네임의 SNS다.

> 남자라면 환장하는 A. 남자한테 꼬리 치고 다니는 더러운 년. 절친 남친한테도 꼬리 치다가 걸려서 개망신당함. 아, 같은 학교라는 게 정말 싫다.

이 메인 글에 다른 아이들이 쓴 답글이 줄줄이 타래로 올라와 있다.

> 지가 엄청 이쁜 줄 앎. 남자애들 앞에서 옆머리 뒤로 넘기는 거 봤어?

> 알아, 알아. A 그 짓 하는 거. 발정 난 개 같지 않냐?

> 그래서 그런가 보네. 생긴 것도 불독 닮지 않았냐?

> 그러게. A 코 잘 보면 들창코임.

단톡방엔 나를 포함해 여덟 명이 있다. 새롬과 미어캣들. 그중 두 명은 우리 반도 아니다. 새롬의 친구들 같은데 이름만 봐서는 누군지 모르겠다. 단톡방을 나와버렸다. 그러자 소민이 나를 다시 초대했다. 내가 링크된 주소로 가지 않을 거란 걸 알았는지, 이번 엔 타래 글을 캡처해서 보냈다.

A네 엄마는 쇼핑몰 사기 치고 도망갔대. 완전 사기꾼 모녀라니까.

대박 정보! 역시 그럴 줄 알았음.

A 보기만 해도 토 쏠려.

가슴이 턱 막혔다. 전에 새롬에게 말한 적이 있다. 연락이 안되는 엄마가 너무 밉다고. 그때 새롬은 나를 안아주며 속상해하지 말라고 했다.

다시 단톡방을 나왔다. 이번엔 미나가 날 불렀다. 다시 나왔다. 또 초대되었다. 메신저 앱을 아예 삭제해버렸다.

휴대전화 전원을 끈 후 책상 앞에 앉아 있는데 갑자기 구역질이 났다. 급하게 화장실로 달려가 아까 먹은 것을 모조리 다 토해냈다. 변기를 붙잡고 앉아 계속 구역질을 했다. 아이들에게 들은 말들을 모두 변기 안으로 토해내고 싶지만, 그 말들은 계속 내 안에 남아 있다. 아무리 뱉어내려고 해도 뱉어지지가 않는다.

D-1. 날 좀 내버려둬

아침부터 나를 보는 미어캣들의 표정이 좋지 않았다. 원래 좋지 않았지만 오늘은 유달리 그랬다. 그들과 마주치지 않기 위해

쉬는 시간 종소리와 함께 교실을 나갔다가 수업 시작 종소리에 맞춰 들어왔다. 점심도 일부러 아이들이 다 먹고 나오기를 기다려 20분 정도 운동장 근처를 배회하다가 먹으러 갔다. 그렇게 하루를 잘 버텼다고 생각했는데, 담임의 종례가 끝난 후 새롬이 내게 다가왔다. 그 옆엔 여느 때처럼 미나, 소민, 윤서가 있다.

"김재인, 너한테 할 말 있어."

새롬이 나를 불렀다. 한 달 전 그 사건 이후로 내게 말을 건 건 처음이다. 난 가방을 챙기던 걸 멈췄다.

"나, 우재랑 다시 만나."

새롬이 의자에 앉아 있는 나를 내려다보며 말했다. 왜 내게 그 말을 하는 거지? 혹시 그동안 나를 오해했다며 사과라도 하려는 걸까? 그래서 미어캣들의 표정이 나빴던 건지도 모른다. 그동안 품었던 새롬에 대한 원망이 눈송이처럼 사르르 녹았다. 살며시 고개를 들어 새롬을 바라보았다.

"우재도 어쩔 수 없었다더라. 네가 그렇게 우재한테 들이댔다며? 그렇게 아니라고 발뺌하더니만."

새롬이 그 말을 마침과 동시에 내 뺨을 때렸다. 순간 너무 아파 아아, 하는 소리가 다 나왔다.

"아니야. 나 우재한테 털끝만큼도 관심 없어. 진짜야, 믿어줘."

"야, 그럼 새롬이 남친이 거짓말했다는 거야? 얘 완전 웃기네."

새롬의 대변인인 소민이 나섰다. 새롬의 볼일이 이건 줄 몰랐다. 새롬과 다시 친구가 될 거라 착각했던 내가 너무 바보 같고

멍청해서 눈물이 날 것만 같다. 얼른 이곳을 벗어나고만 싶다.

책상 고리에 걸린 가방을 들고 일어서서 문을 향해 가는데 종아리가 아팠다. 뒤에서 누군가가 내 오른쪽 종아리를 발로 찼고 난 그대로 주저앉았다.

"야, 너 새롬이한테 사과해."

"뭘?"

"박우재한테 꼬리 친 거. 그래서 새롬이랑 우재랑 헤어지게 만든 거 다 사과하라고, 이 미친년아!"

미나는 들고 있던 가방으로 내 머리를 내려쳤다. 교실에 남아 있던 WHO들은 나와 새롬 패거리를 멀뚱히 지켜보고만 있다. 여기에 있다간 미어캣들이 나를 가만두지 않을 거다. 간신히 일어서서 교실 밖으로 나왔는데 아이들이 나를 둥글게 둘러싸는 바람에 움직일 수가 없었다.

"아, 진짜 재수 없어."

"어디서 친구 남친을 꼬셔? 왜 사냐, 진짜."

그만해, 제발 좀 그만해! 소리 지르고 싶었지만, 말이 한마디도 나오지 않았다. 메신저라면 로그아웃이라도 할 수 있는데, 지금은 그럴 수가 없다. 우리 반 아이들뿐만 아니라 집에 가려던 옆 반 아이들도 복도에서 나를 구경하고 있다. 난 아이들이 내뱉는 말을 그대로 다 듣고 있어야 했다. 내가 두 손으로 귀를 막으니까, 미나와 소민이 다가와 내 손을 하나씩 잡아뗐다.

구경꾼들 무리에 서 있던 정유미와 눈이 마주쳤다. 옆에 있던 아이가 유미의 귀에 대고 뭐라고 말을 하는 게 보였다. 주머니에 손을 넣었다. 하지만 주머니에는 아무것도 들어 있지 않다. 버튼 카드를 어젯밤 책상 앞에 앉아서 살펴보다가 그대로 두고 온 걸 깜박했다.

눈을 감으면 소리가 덜 들릴까 싶어 눈을 감았다. 하지만 별로 효과는 없다. 쓰레기 말을 계속 듣고 있자니 내가 꼭 쓰레기가 된 것만 같다.

D-DAY. 최종 결정자

학교에 가지 않았다. 아침에 일어나 아파서 학교에 못 가겠다고 하니, 아빠는 그러라는 말을 하고 출근했다.

어제 새롬의 미어캣들은 제풀에 지칠 때까지 나를 욕하고 또 욕했다. 3학년 대부분이 그걸 다 지켜봤을 거다. 뺨과 종아리 그리고 머리 한 대밖에 얻어맞지 않았지만, 아이들이 몸으로 때린 것보다 말로 때린 게 더 아팠다. 어떻게 집까지 걸어왔는지 기억도 나지 않는다.

밤에는 복도에서 찍힌 영상을 미어캣들이 휴대전화로 보내주었다. 지우고 또 지워도 계속 도착했다. 누군가가 유튜브에까지 올렸다. 전국적으로 소문이 나는 건 시간문제다. 이제는 전교 왕따를 넘어 전국 왕따가 되는 건가.

침대에 누워 있는데 현관문이 열리는 소리가 들렸다. 나가보니 할머니다.

"어디가 아픈 거야? 네 애비가 가보라고 해서 왔다."

할머니는 주방으로 들어가 싱크대를 살피고 냉장고를 열었다.

"에휴, 이게 사람 사는 집이야 뭐야. 둘이 알아서 잘 살 거라고, 안 와봐도 된다고 하더니만."

할머니는 혼잣말을 가장한 잔소리를 계속 늘어놓기 시작했다. 아빠와 내 욕이 끝나면 엄마 욕이 시작되겠지. 듣고 싶지 않다.

"저, 병원 갔다 올게요."

할머니가 같이 가주겠다고 했지만 괜찮다고 했다. 늦은 점심을 먹기 위해 햄버거 가게로 들어갔다. 하루 종일 굶었더니 배가 고프다.

햄버거를 주문한 후 돈을 내려고 지갑을 열었는데, 천 원짜리 한 장밖에 없다. 이번 달 용돈 받은 걸 다 썼나 보다. 하는 수 없이 주문을 취소하고 나왔다.

집 앞에 도착해 번호키를 누르려는데, 할머니가 전화 통화하는 목소리가 바깥까지 들린다. 고모와 전화를 하나 보다.

다시 엘리베이터를 탔다. 아무 버튼도 누르지 않고 서 있었더니 엘리베이터가 위로 올라갔다. 25층에서 문이 열렸지만 아무도 타지 않았다. 문이 닫히려고 해서 발을 앞으로 내밀었다. 닫히려던 문이 다시 열렸다.

25층은 아파트 꼭대기 층이다. 계단을 올라가면 아파트 옥상이 나온다. 중간고사 마지막 날 학교에서 1시에 끝났다. 그날도 집에 할머니와 고모가 와 있어서 이곳으로 왔다.

옥상에는 바람이 아주 시원하게 불고 있다. 난간에 기대어 바깥을 내려다보았다. 아래 있는 모든 것들이, 사람도, 자동차도 다 작아 보인다. 다 별거 아니구나. 눈을 감은 채 바람을 쐬고 있는데 누군가가 내 등을 톡톡 쳤다. 돌아보니 수이드다.

"여기 어떻게 왔어요?"

"오늘까지잖아요."

주머니에서 수이드에게 받았던 카드를 꺼냈다. D-DAY라는 글자가 투명한 카드 위에 떴다.

"재인 양이 아직 결정을 안 내려서 직접 왔어요. 얼른 버튼을 눌러줘요. 재인 양이 마지막 결정자예요."

수이드는 내가 꼭 결정을 내려야 한다고 했다. 나를 제외한 98명이 투표를 했는데, 곤란하게도 49대 49로 표가 나뉘었다는 거다.

"지구의 운명이 저에게 달렸다고요?"

나는 침을 한 번 꿀꺽 삼켰다. 갑자기 심장이 무섭게 요동치기 시작했다.

"어쩌다 보니 그렇게 되었네요."

수이드는 내 결정에 따라 곧바로 진행될 거라고 알려주었다. 신기하게도 이제까지 살아왔던 시간들이 영화 필름처럼 빠르게 머리를 스쳤다. 나 혼자가 아니라 다 같이 끝나는 거라면 두려울 것도 아쉬울 것도 없다. 오히려 잘됐다. 아무것도 모른 채 종말을

맞이할 새롬과 미어캣과 WHO를 생각하니 고소하다는 생각도
든다.

"결정했어요?"

수이드의 질문에 나는 고개를 끄덕였다.

버튼을 누르려고 하는데 휴대전화 벨이 울렸다. 저장되어 있지
않은 번호다. 받지 않고 두었더니 이번엔 메시지가 떴다. 메시지
를 읽은 후 수이드와 휴대전화를 번갈아 봤다.

난 두 눈을 감은 채 버튼을 꾹 눌렀다.

손에서 무언가가 스르륵 사라진 느낌이 들어 눈을 떴다. 내가
들고 있던 카드도, 눈앞에 서 있던 수이드도 사라졌다. 수이드가
서 있던 곳으로 걸어가 손을 획획 저었다. 아무것도 만져지지 않
는다. 고개를 돌려 주변을 둘러봤지만 아무도 없다. 갑자기 다리
에 힘이 풀렸고 그대로 주저앉았다.

좀 전에 도착한 메시지를 다시 한번 읽었다.

> 오늘 너네 반 갔는데 너 결석했더라. 지금 뭐 해? 나 끝내주
> 게 맛있는 일본 라면집 찾아냈어! 한 번도 먹어보지 않은 사
> 람은 있지만, 한 번만 먹어본 사람은 없다는 전설의 라면집
> 이래! 지금 먹으러 갈 건데 같이 가자~ 지난주에 진 빚 오늘
> 갚을게. ㅎㅎ

유미에게 보낼 메시지를 작성했다.

지금 갈게. 거기가 어디야?

    메시지를 보낸 후 바닥에서 일어나 엉덩이에 묻은 먼지를 털어 냈다. 옥상 문을 열고 나왔다. 그 기가 막히다는 라면을 한번 먹어봐야겠다.

어느 날 문득 그런 생각이 들었습니다.

"세상은 빠르게 바뀌고 아이들도 변하는데, 왜 내 이야기는 따라가지 못하지?"

'만약'을 빌려 조금 앞선 이야기를 하고 싶었습니다. 지금 현실에서 일어나는 일은 아니지만, 시간이 조금 지나면 충분히 있을 법한 이야기들을 떠올렸습니다.

아이들은 선택의 기로에 서 있습니다. 키스를 해야 할지, 말지. 화성에 가야 할지, 말지. AI 친구를 사귈지, 말지. 내일로 가야 할지, 말지. 최후의 교실에서 머물러야 할지, 말지. 지구를 구해야 할지, 말지.

어른이 된다는 건 스스로 선택을 내려야 한다는 의미입니다. 10대 청소년들은 부모의 보호 아래에서 조금씩 벗어나며 어른이 될 준비를 합니다. 인생의 갈림길에서 스스로 '선택'을 해나가면서 자신의 삶을 만들어가죠. 주인공 아이들은 자신 앞에 닥친 상황을 고민하고 또 고민합니다. 이 책을 읽은 당신이 '만약 나라면?' 하고 함께 고민해주었으면 좋겠습니다.

영국의 소설가 G. K. 체스터턴은 "한 사람을 죽이는 사람은 한 사람을 죽이는 것이다. 그러나 자기 자신을 죽이는 사람은 모든 사람을 죽이는 것이다. 적어도 자기 입장에서는 온 세상을 없앤 것이므로"라고 했습니다. 이 구절에 한참을 머물렀습니다. 우리네 한 사람, 한 사람이 지구라는 행성 그 자체라는 걸 깨달았거든요.

지구가 괜찮았으면 좋겠습니다. 지구를 안아주고 싶습니다. 그렇게 나는 지금 지구를 안고 있습니다. 지구가 나를 안아주고 있습니다.

따뜻합니다.

2018년, 지구를 안고 있는 김혜정